家在巴黎

西零

作者與高行健

序

藝術家妻子的簡單生活

二十多年前，我剛來法國，在一家公司工作，晚上、週末和假期的時間用來寫作，非常辛苦，不是想當作家，而是出自一種愛好。高行健理解這種心情。他鼓勵所有渴望寫作的人，對我當然也不例外。我喜歡用第一人稱寫小說，可以簡單生動描繪人物，敘述的線索也十分單純、清晰。

二〇〇〇年，高行健獲得諾貝爾獎，一時間家裡的電話鈴響個不停，信件堆積如山，太多的事情需要有人處理。他沒有助理，也沒有經紀人。我就跟在他後邊幫忙，各種事務都做，只是不再寫作了，沒有時間也沒有精力，況且世界上有很多作家，並不缺我這一個。「如果不是心裡真有話要說，不吐不快，非寫不可，不寫也好。」高行健這樣講，我覺得這話說得很實在。

時光過得太快，好像不久前才去斯德哥爾摩領獎，還記得那些盛典盛宴，還有午夜大廳門外手舉火把的孩子。一切都如夢一般。令人難以置信的是，十五年的時光已經過去了。

我們早已回到了正常的生活。我也習慣了現在的身分——藝術家的妻子。

一次，在高行健畫展開幕的酒會上，一位年長的法國女士問我：「藝術家是不是都怪脾氣？做藝術家的太太很難吧？」我說：「高行健很隨和，熟悉他的人都知道，同他很好相處。」

藝術家的生活在人們眼裡，似乎不同一般。其實，藝術家的真實生活不僅很簡單，而且很平常。不平常的是藝術的想像力和創造力。

早晨，我起床後，先燒咖啡，再下樓買麵包。高行健通常只吃麵包抹蜂蜜，喝一杯不加牛奶的熱巧克力，然後去畫室工作。一年三百六十五天都要預先計畫好，哪一段時間做什麼，寫文章、作畫、應邀參加活動（文學藝術節或大學舉辦的有關他的研討會），前些年還拍電影。不過，近年來他用在繪畫上的時間更多。畫室是他最喜歡的地方。他總要先泡好一杯茶，放上選好的音樂，再準備筆墨、紙張和畫布，漸漸進入創作狀態。這是他少年時就夢想的藝術天地，自由自在的創作讓他十分快樂。

上午，我有不少瑣碎的事情要處理，回信、回電話、去郵局、去商場，再回到家裡，時間很快就到了中午。家門輕輕一響，高行健從畫室回來了。午餐通常是他喜歡的日本拉麵。

未完成的畫上水墨未乾，總讓他有些不放心。吃完午飯，他會稍稍休息一下，很快又返回畫室。我到畫室打下手，幫他收拾東西。另外一件事很重要，就是欣賞新作。

我看著一幅幅作品誕生，總是滿心喜悅和興奮。高行健每年都有兩、三次大小不同的畫展，之前有許多複雜、細緻的準備工作要做。一批批畫作被運走、又送還。許多賣掉的畫自然永遠也不再回來了。有時候，我覺得像一次次告別，有點捨不得。高行健沒有這麼複雜的心情，做自己想做的、能做的，做完就此了結，無牽無掛，接下去又忙別的。日程安排總是很滿，大的項目通常要排到一、兩年之後。

多年來，我們一直就是這樣生活。高行健在得諾貝爾獎之前和之後沒有多大的改變；只是從前以客廳為畫室，現在有一個寬敞的工作室，可以作很大的畫。如今，家在市中心，也比以前住郊區方便多了。他十多年前大病之後，菸酒都不沾，而且一直素食，晚餐加一碟燒魚，生活比以前更加簡單。

最重要的事情自然也從未改變，那就是他的藝術道路。二十多年前，美國一家劇院向他預訂一個劇本。劇作交稿後，因為缺乏美式英雄，劇院要求修改。結果他不僅放棄了上演機會，還付了幾百美金的翻譯費，把劇本的版權收回。那時他生活十分節儉，卻從未為謀利而改變藝術的初衷。

這些年來，受到三任法國總統邀請，去總統府赴宴和總統授勳之類的事情他都看得很淡，而且不參與政治。藝術家的獨立不移也是他不變的原則。

巴黎的二〇〇五年書展，以中國為主題，把高行健排斥在外，引起輿論和知識界的不滿。作家、評論家、電視主持人菲德利克．貝德貝格身穿寫有「我們都是高行健」的T恤衫，在書展開幕式上鬧場。這條新聞被媒體炒得沸沸揚揚。大家都為高行健抱不平。他在獲得諾貝爾獎之後又一次成為新聞人物。當時的外交部長、後來的總理維勒班還特意來家看望他。和以前一樣，不從事政治的人，這一次又被牽扯進政治。那又如何？他不以為然，也不為所動，依舊還是回到自己的書房、畫室，做自己的文學藝術。

夏末的晚上，我們沿塞納河走到聖米歇爾廣場，在街頭的露天咖啡座上坐下休息。路邊一棵大樹上的樹葉一片片落下來，漸漸被風吹散，只有少數幾片還留在接近樹根的地方。中國人老話說「落葉歸根」，其實並不確切。

巴黎曾經吸引了無數來自外國的作家、藝術家，例如，貝克特、喬伊斯、尤奈斯庫、海明威、畢卡索、賈高梅第、夏卡爾……

他們之中的很多人，以這個世界文化藝術之都為自己的第二故鄉，一生都留在這裡。豈不是「落葉」歸巴黎了？

從前我們都沒想到這輩子會住在巴黎。上世紀八十年代末，高行健還是北京人民藝術劇院的編劇，應邀來巴黎創作一年，臨行和主管劇目的副院長于是之商量，為劇院寫一個新劇本，定好的題目是《山海經傳》。第二年他在巴黎完成了這個戲，但是他沒有再回中國，戲也沒有在北京人民藝術劇院上演。二〇〇八年，蔡錫昌在香港中文大學和法國駐香港總領事館舉辦的「高行健藝術節」首次上演了這齣戲。二〇一二年，林兆華帶領唱秦腔的陝西農民劇團和北京現代芭蕾舞團，在香港藝術節再次演出了這個戲。二〇一三年，同一齣戲由臺灣國立師範大學表演藝術研究所，在臺北國家劇院上演；梁志民以華麗搖滾的形式導演此戲。三種版本的風格截然不同，完全出人意料，都非常精彩。

離開中國以後，高行健一共創作了九個劇本。中國題材的劇本除了《山海經傳》，還有《八月雪》。另外七個戲都沒有中國背景，其中只有兩個是中文寫的，五個劇本都直接用法文寫的。

高行健的藝術創作在法國一直得到賞識和支持。這裡深厚的文化底蘊，自由的創作環境，已經成就過許多作家、藝術家，也包括高行健。上世紀九十年代初，北方小城聖埃爾布蘭的作家之家最先邀請高行健，在那裡他寫下了劇本《對話與反詰》。接著文化部預訂劇本《生死界》，若愛拉都爾市圖書館約寫《周末四重奏》，博馬舍基金會也預訂了劇本《夜遊神》。《叩問死亡》也是法國文化部訂購的劇本。後來他還寫了一個舞劇劇本《夜間行歌》。二〇〇二年的亞維農戲劇節上演了他的三個戲，同時在主教宮舉行他的大型畫展。二〇〇三年，法蘭西劇院上演《周末四重奏》，接著馬賽市舉辦了名為「高行健年」的一系列大型活動。各地方小劇團的演出也有許多。

他的長篇小說《靈山》和《一個人的聖經》相繼出版後，讀者反應十分熱烈。《靈山》得到法國各大報刊一片讚揚。像這樣的大部頭的純文學作品，竟然成為暢銷書，實在是罕見。從一九九五年初版到今天，二十年過去了，這部書依然是長銷書，已經翻譯成四十種文字。

一個法國朋友問高行健：「你最初在海外漂泊是不是很痛苦？」他如果說根本沒有，別人會覺得不可思議。實際上，我們在法國這麼多年，沒有客居異鄉的感覺。作為一個作家、藝術家，高行健充分實現了自己的夢想，沒有遺憾。而且，他在法國有眾多的欣賞者和知音，這種精神的交流總令人愉快。

忙過一段時間以後，我們會去看展覽、看戲、聽音樂，還有歌劇和舞劇。巴黎的節目太多，五花八門，精彩的不少，總也看不過來。我們出門時常安步當車，好在家住市中心，到哪裡都不遠。我們現在的生活就是這麼簡單。高行健說：「簡單的生活更輕鬆、適意。」我又加上「愜意」兩字——享受當下無憂無慮的時刻。

藝術的世界常常讓我感到欣悅。我開始寫散文。這種文體是中文特有的，不像西方人所說的散文詩、評論文章，也不是時事報導。散文的篇幅短小，行文自由，構思不限，適合我現在的狀況，時有一點感受，卻沒有時間寫作，也沒有創作長篇大作的打算；這一、兩年裡，偶爾有閒暇，就記錄一下；雖說零零散散，也都有頭有尾，自然成篇。以這種方式與朋友們相會，也給自己留一個紀念。

二〇一五年十月於巴黎

羅浮宮的內院

藍波的詩牆

目錄

序　藝術家妻子的簡單生活　3
家在巴黎　33
說到童話　41
都柏林一夢　47
馬賽高行健年　53
與莫里哀為鄰　63
塞納河之夢　69
花神咖啡館　75

蒙巴納斯的故事　83
作家街　95
追憶——似水年華　105
奧爾良花園舊事　111
皇家花園漫步　117
墓園隨想　125
消失的宮殿　135
聖心之下　143
心之所在　151
前衛劇場的記憶　157
月亮的西邊　太陽的東邊　165
巴黎藝術展　173

拉丁區的記憶 183
時光的印記 189
聖馬丁運河 197
日出的印象 203
綠楊芳草 211
巴黎　不要熄滅你的燈火 217
凱旋之門 223
布魯塞爾高行健雙展 229

說到童話

都柏林一夢

馬賽高行健年

塞納河之夢

A
MOLIERE
NE·A·PARIS
LE·XV·JANVIER·MDCXXII
MORT·A·PARIS
LE·XVII·FEVRIER·MDCLXXIII
SOUSCRIPTION·NATIONALE

花神咖啡館

蒙巴納斯的故事

作家街

追憶——似水年華

奧爾良花園舊事

皇家花園漫步

墓園隨想

消失的宮殿

聖心之下

心之所在

前衛劇場的記憶

月亮的西邊　太陽的東邊

巴黎藝術展

拉丁區的記憶

時光的印記

聖馬丁運河

日出的印象

綠楊芳草

巴黎　不要熄滅你的燈火

凱旋之門

布魯塞爾高行健雙展

CAFE
PARIS

家在巴黎

我初到巴黎時，對環境並不適應；有段時間，住在一個法國家庭裡，每晚回臥室睡覺之前，要和大家行親吻禮，互道晚安；如此簡單的事情，因為不習慣，好像一項任務，變成了心理上的負擔。本來是親朋之間交流感情的方式，卻更增添了我的陌生感。

還有許多不習慣的事，比如，和朋友見面要提前一星期約會，打電話感覺對方咫尺天涯，心裡的惆悵沒法說。

我記得那年夏天，經常跟著高行健一起去看晚場的藝術電影或是作家電影。這種電影，觀眾較少，通常在午夜放映；表現手法看似單調沉悶，又沒有引人入勝的故事情節，趣味和內涵需要耐心體會；一旦感悟到了其中的奧妙，精神上快樂而充實。

一次從電影院出來，夜已深，城市非常安靜，夜空的藍色，純淨而幽深，讓我看呆了；那一刻，突然有一種感覺，巴黎並不陌生，這裡或許就是我的家。

當年蕭邦來到巴黎，十八年住過九個地方，平均兩年換一處。許多外國藝術家到巴黎都這樣，不算顛沛流離，也是漂泊不定。我們最初那幾年，也住過四個地方。不過，因為家當不多，每次搬家都很輕鬆。我們總是很快樂，帶著新鮮感、好奇心，去發現巴黎的不同角落。

高行健原先住在巴士底獄廣場附近，小巷深深，都是老房子，木樓梯，房間裡的地板和壁爐也是舊時的。不久，房主人把公寓收回去自住。我們住進民族廣場附近的現代住宅裡，有寬敞的陽臺。戶外還有條長長的綠蔭道，可以散步，有人跑步健身，也有人遛狗。對面是一家職業介紹所，隸屬政府部門。我去登記，分明是和法國人搶工作。接待我的一位中年法國人，見我一臉迷茫的樣子，還鼓勵我：「不要擔心，再過幾年，妳就和我們一樣了。」他這句話說得一點都沒錯。

隨後我到一家公司工作，老闆要我打電話向客戶討債，把期票要回來。我撥通電話的時候，連什麼是期票都不知道。結果，欠款的顧客在電話裡向我講解了一番，還很耐心。我在巴黎無數次得到陌生人的幫助。這裡有的華僑議論法國人：「只顧自己，一家人在錢上分得一清二楚。」但是，如果在更高的層面去看，在很多事情上，他們的慷慨和寬容是無法用金錢來衡量的。

我們還住過巴黎第十九區，居民不同人種雜處，環境會比較亂，可是我覺得生活方便，出門就有很多小店鋪。鋪子裡老闆和店員見了顧客像熟人一樣，比超市更親切可愛。我回到家，照樣清靜，閉門即是深山。

後來，我們在巴黎近郊找到一套公寓，寬敞、明亮，可以把一大間當作畫室，一小間當作書房，還有一間不大不小正好是臥室。畫畫、寫作和生活的條件都具備了，而且房價便宜，從銀行貸些款，經濟上不至於有太大的壓力。只是地點不在巴黎市內，要步行十分鐘才到地鐵站，而且是巴黎人通常不喜歡的塔樓，自然沒有十八、十九世紀的老房子那麼多美感和情趣。我當時疑惑過，問高行健：「有名的作家不是住在左岸嗎？住這裡是不是有點差？」

「不差，」他說，「山不在高；水不在深。」

「對對對。」我笑了起來，想起中國古人的話，下句應是「有仙則名」和「有龍則靈」。

我們在十八層樓上，憑窗望去，尤其是天氣好的時候，開闊的巴黎全景，盡收眼底。藍色的天空下，有艾菲爾鐵塔、龐畢度中心、一座又一座大教堂的塔尖，榮軍院的金色穹頂……

那時高行健以七年心血寫成的長篇小說《靈山》已經在巴黎定稿，經臺灣作家馬森熱心推薦，由聯經出版公司出版。接著，瑞典漢學家馬悅然教授把這部書翻譯成瑞典文出版。而法文版的出版卻很不順利。法國漢學家杜特萊和妻子莉莉安花了三年的時間把這部書翻譯成法文。之後他們找過六家法國大出版社，都被拒之門外。沒人願意出版磚頭書，太長，成本高，又不好賣。其中一家出版社曾經建議作者刪掉一半內容。高行健立刻拒絕了。後來，杜特萊和莉莉安在法國南方找到一家名為黎明的出版社。出版人看了譯文，十分喜歡，也明白別人不出的原因。她說：「我們發瘋了，就是要出。」

《靈山》在法國出版後，一直深受讀者喜愛。出版社得到了很好的回報。

自從離開市區，搬進了郊區的塔樓，高行健工作的時間越來越長，往往從早起到深夜，而且沒有週末。尤其是夏天，法國人都度假去了，電話鈴幾乎不響，信件也極少，高行健正好充分利用大好時光，不是寫作，就是作畫。用他的話說：「要做的事太多，得把以前失去的時間找補回來。」

七年的時間就這樣過去了。一天，這座巴黎人不很喜歡的塔樓，竟然被來自全世界的記者搶攻。我從未料想到，人群如潮水般湧來，樓下停滿了車，樓道裡擠滿了人，攪得四鄰不安。

「出什麼事了？」鄰居們問。記者回答：「大樓裡有人得了諾貝爾獎。」他們接著就採訪鄰居，樓下的小雜貨店也上了電視，熱鬧非凡。

其實，電臺的消息一播出，不到十分鐘，家就被記者們占領了。他們不知從哪裡聽到風聲，也許早已埋伏在樓下，在汽車裡聽廣播，等著瑞典學院正式宣布得獎者的名字，然後就可以捷足先登。其中一個年輕記者還問我一些問題，我說：「我們以後還會和以前一樣生活。」他那眼神像在說他根本不相信。還有一位女記者，看來對過去的諾貝爾獎得主的情況有所瞭解，好心對我說：「做好準備吧，這僅僅是開始。」亂了一陣子，高行健被帶去電視臺，一大幫子人也跟著去了。第二批記者又到了家門口，拚命敲門，這回我不打算開門，任他們把門敲破好了。

隨後，家裡每天收到郵局裝好的一麻袋的信件。傳真不斷，那時候的傳真紙還是捲筒式的，長長的拖了一地。我蹲在地上，用裁紙刀一張張裁開，心裡明白這是無用的工作，高行健根本不可能有時間看。

邀請鋪天蓋地，媒體狂轟亂炸。高行健答應了這個，又不好不答應那個。我差不多得了恐懼症，但是，我並不知道，真正的恐懼還在後面。

每天都有各種各樣的邀請來自世界的四面八方，而且窮追不捨。高行健簡直應接不暇。訪談不斷，演講一個接著一個，再就是一次又一次的旅行，斯德哥爾摩、紐約、倫敦、柏林、馬德里，米蘭、香港。頭一、兩年的時間裡，他基本上是疲於奔命，還要在臺北和馬賽排歌劇《八月雪》，又在法蘭西劇院執導他自己的劇作《周末四重奏》。

後來他的健康出現了問題，眼睛有嚴重的視覺障礙，竟不以為然，還繼續去法蘭西劇院排戲。我緊張不安，給醫生打電話，講述了他的症狀。醫生立刻明白情況嚴重，說：「讓他馬上來。」「他在劇院排戲。」我說。「那就去醫院急診室。」她的聲音十分堅定。

我知道情況不妙，立刻給劇院打了電話。正是午餐時間，排練場已經空無一人。劇場工作人員接到電話，去附近的一家家餐館尋找，最終找到高行健。而高行健卻沒有在意。下午，排演仍然繼續。

晚上我們去聖母院旁邊的醫院看急診。值班的實習醫生認真做了眼科檢查，沒有發現什麼異常。就在我們快要離開的時刻，這位細心的年輕人又給外科打了一個電話，然後，追上來，大聲喊：「高先生，請等一下。」要是再遲一、兩分鐘，我們就走出醫院，後果不堪設想。一切都像是上帝的安排，高行健當晚被送進外科，做一系列檢查，確定病情已經十分危險。後來的半個月內，他接受了兩次外科手術。

就這樣和死亡打了一個照面，從災難的邊緣逃脫，他自己說是「撿回一條命」。他寫過一個劇本《生死界》，沒有想到，就在法蘭西劇院跨越了「生死界」。

我還記得，高行健手術之前，我去聖母院，點燃一支祈禱的蠟燭，想放在最高的燭臺上，但是高處早已被占滿。最後，我把蠟燭放在最低、最不顯眼的地方，就像高行健的劇作《八月雪》裡六祖慧能所說「發平常心」。

演員們齊心協力，《周末四重奏》如期在法蘭西劇院上演了。高行健從醫院回到家，身體十分虛弱，竟然還看到了戲的最後一場演出。四面八方很多人還在找他。電話鈴仍然整天響個不停，電傳、信件、手機留言，都是邀請他去這裡去那裡，演講、訪談、導戲、授課、出書、辦畫展。那段時間很艱難，他身體狀況不穩定，頻頻進出醫院、診所、醫療檢查中心。

我們從此離開了郊區的塔樓，住在巴黎市中心一個公寓裡，用高行健的話說是「大隱隱於市」。搬家的時候，我戀戀不捨，拍了一些照片，留作紀念。

高行健婉拒了很多邀請。我們又回到了往日的正常生活之中。他在離家不遠的地方，找到了一間寬敞的畫室，常常在那裡工作，晚上在家裡寫創作筆記和理論文章。我在畫室做助理，回家也要處理許多雜務。

努力找回屬於自己的時間，保持健康，繼續藝術創作。說來簡單，做起來很難。我曾經對記者說過：「我們以後還會和以前一樣生活。」當時我並不知道，這個「以後」是在高行健得獎五、六年之後，生活才平靜下來。

高行健漸漸恢復了健康，重新投入藝術創作，做自己喜愛的事情，又和從前一樣充實、快樂，不知疲倦。諾貝爾獎成為一個新的起點，他說：「又一生開始了。」

我們在現在這個公寓裡已經住了十五年，再沒有搬遷，不知不覺，變成了巴黎人。

說到童話

說到童話，就會有國王，或者王子、公主，就會有美好的故事。

在法國，早已沒有國王了，也沒有王室的直系後代。一七八九年的大革命把國王、王后都送上斷頭臺。

國王路易十六喜歡看書、打獵。王后年輕美貌，窈窕動人，愛漂亮，好享樂，喜歡藝術。後來，王朝覆滅了。

國王被送上斷頭臺，在行刑之前，還向四周的圍觀人群注目致意。在他的遺書裡，有一句話寫給孩子，意思是，即使你父親落得這個下場，你也不能憎恨人民。寫遺書的時候，他以為孩子會活下去，長大成人。而小孩子很快就得病，離開了人世。

王后也走向斷頭臺，依然優雅、端莊；邁上又高又陡的臺階，鞋子掉了一隻，打了個趔趄，踩到劊子手的腳，道歉：「先生，請原諒，我不是故意的。」這句話竟成了她的臨終遺言。

她穿著白色便袍，戴著白亞麻布帽，在人群前，沒有了王后的尊嚴，不想耽擱，趕緊刀下就位，白帽掉在地上。當時在革命廣場，就是現在的協和廣場，聚集了近三萬人。板斧從空中落下，血濺白袍，劊子手取得首級，高呼：「共和國萬歲！」人群忽然沉默了，漸漸無聲散去。

歷史從來都不是童話。那一隻失落的鞋子，如今收藏在小城加昂美術館，褐色呢子鞋面，後跟不高，看上去比較普通，是一只便鞋，不太像王后穿的鞋子。

國王對於法國人已經是遙遠的故事。

一個初秋的中午，陽光和煦，我走過市中心的一家百年老餐館，看見一些老年人排成兩行，不知在等待什麼。突然間，一位老人家帶頭高喊：「國王萬歲！」「法蘭西萬歲！」嚇了我一跳，以為他們在開玩笑，但是他們臉上的表情很認真。我停下腳步，好奇觀望。人群中走出一位貴族後裔，上年紀了，穿一身普通的西裝，卻也風度翩翩，儼然藍血一族，和列隊等候的老人們握手，臉上的表情親切，然後和他們一起走進餐館。

世上已經沒有國王路易十六的直系後代。假設現在法國王室存在，那麼，誰應該是法國國王？答案有兩、三種，路易十六的近親，或是拿破崙的後人。不過，僅僅是假設，和童話故事一樣，並不是真的，而且是這些老年人的童話。他們像是忘了，現在已經是法蘭西第五共和國的時代，哪裡還有什麼國王？

不過，比起現實，童話總是很美，連憂傷都是美好的，而現實生活正好相反，快樂的背後也總有許多的煩惱。天氣這麼好，這些人走進餐館，和他們幻想的國王一起，享受美好的午餐，不亦樂乎？

只是，童話之所以為童話，意思就是，這不是現實。

我想起十幾年前，第一次去斯德哥爾摩旅行。

那時快要到聖誕節了，家家戶戶都把紅色的蠟燭臺擺到窗檯，一眼望去，已經感受到了節日的氣氛。嚴寒也讓人高興，天氣一天天冷下去，節日就一天天接近。採辦年貨、探親訪友、裝飾房屋，還有就是女人們興致勃勃，選購漂亮的衣裙，美容美髮，這些事情讓人忙得心情喜悅，忘掉了一年到頭的煩惱。

我喜歡那裡，空氣清新，環境優美，城市既古老又現代，人們溫文爾雅。

冬季下午三點鐘以後，天漸漸變暗，漫漫長夜已經開始。我們住在諾爾斯倫河畔的老城酒店，門前有一個巨大的火炬在燃燒，火焰很高，而且不停跳動，給人的感覺像在童話裡。

早上，在樓上的房間裡，憑窗而望，看到河水靜靜流淌，對岸有座四四方方的古堡，我想起服務生說過：「對面就是皇宮。」

可惜沒趕上下雪，不然，雪景一定美不勝收。不過，即使是沒有雪的冬日，這裡也很美，似夢非夢，好像與世隔絕了一般。

過了兩天，走進皇宮，我才親眼見到真正的童話世界，怎麼形容呢？簡單說來，就是和小時候讀的童話故事完全一樣，人物也齊全，國王、王后、王子、公主。他們進入大廳，就像是從一幅畫裡走出來，王后和兩位公主彩裙飄逸，宛若仙女，到了大廳正前方，站立不動，又像回到畫中，然後，和來賓握手、交談，我覺得自己也像畫中人。王室的人都很親民，王后說到國王，就說「我丈夫」，公主不說皇宮，而是說「我們家」，和平民百姓的用語一樣。

大殿裡燈火輝煌，主賓列隊入席。男士都穿燕尾服。女士們穿長裙，挽著男士的手臂，款款而行。

我在長長的宴會桌上看到自己的名箋，有些難以相信，我怎麼會在這兒？

置身一個童話般的宮殿裡，為了一次盛大的晚宴，並不需要穿水晶鞋。

我還是穿了平時不會穿的紫色高跟鞋，搭配晚裝裙、輕紗披肩。

高行健在晚宴上致謝辭：

> 尊敬的國王陛下：
>
> 站在您面前的這人，還記得，他八歲的時候，他母親叫他寫日記，他就這樣寫下去了，一直寫到成年。
>
> 他也還記得，上中學的時候，教中文的一位老師在黑板上掛了一幅招貼畫，說不出

題了，大家就寫這張畫吧。可他不喜歡這幅畫，寫了一大篇對這畫的批評。老先生不但沒生氣，給了他一個好分數，還有個評語：『筆力很健』。他就這樣一直寫下去，從童話寫到小說，從詩寫到劇本，直到革文化的命來了，他嚇得全都燒掉了。

……

再後來，他到了西方，他也還寫，並也不在乎出版不出版，即使出版了，也不在乎有沒有反響。突然，卻來到了這輝煌的大廳，從國王手中接受這樣高貴的獎賞。

於是，他止不住問：國王陛下，這是真的嗎？還是一個童話？

這是我最美好的記憶，讓我相信人生也可以像一個童話。

晚會即將結束的時候，皇宮的午夜鐘聲響起，童話裡灰姑娘匆匆逃離的時刻到了。人們開始起身告辭，我們卻走進休息廳，和一群朋友會聚在一起。大家沉浸在歡樂的氣氛裡，久久不願離去。

都柏林一夢

還記得十多年前，我和高行健一起參加都柏林國際高峰會議，到會的有不少諾貝爾獲獎者，也有一些政治人物，例如，美國前總統克林頓、前蘇聯領導人戈巴契夫，還有許多青年學生。主辦單位是美國終身成就學院，包下一家漂亮的酒店。來賓人多，氣氛熱鬧，簡直像過節一樣。大廳和走廊裡，處處是穿黑衣的保安人員，乍看像是在演電影。這和我們以往參加的文學節很不一樣。

我們抽空出門，先到鬧市的啤酒吧，品嘗愛爾蘭黑啤酒。那種苦中甘醇的滋味，我至今記憶猶新。接著我們乘車到海角一邊，已經是傍晚了。那天風很大，夕陽下空寂的海邊，等待我們的是一座破舊的古碉堡，裡面很簡陋，不像住人的地方，卻有一張床和一些舊碗盆。這就是所謂的喬伊絲塔，也叫尤利西斯塔。一百年前，愛爾蘭作家喬伊斯在這個廢棄的古塔裡開始寫長篇巨著《尤利西斯》的第一章。

這部書十七年後在法國完成。喬伊斯二十三歲離開愛爾蘭，到過瑞士、義大利、英國、法國，三十多年之後，病逝於瑞士。

《尤利西斯》的法文版全書一千兩百頁，外加四百頁的注釋，翻譯小組竟然有上十人。書中漫無邊際的敘述可以一連二十幾頁不分段，真不知道作者到底想不想讓人讀。

太長、太難讀、太難懂，直到他去世後七十年的今天，這部作品仍然讓許多讀者望而生畏，不要忘了還有續集《菲林根的守靈夜》，同樣長，更難讀、更難懂，這世界上究竟有多少人讀過？又有誰讀完過？（巴黎的拉丁區一條古舊的小街裡，有個愛爾蘭啤酒吧，就叫作菲林根守靈夜酒吧。我還沒嘗試過，不知在那裡喝啤酒的滋味如何。）

我們回到酒店，和來賓一起用晚餐。

第二天，輪到高行健演講。他的題目是〈必要的孤獨〉。我聽著聽著，眼前出現了夕陽下破舊的喬伊斯塔，那種與世隔絕的感覺，或許就是必要的孤獨？

「孤獨是人特有的感受，」高行健說，「一棵樹或一隻鳥看似孤獨，也是觀看的這人賦予的，樹或者鳥自身不可能有這種意識……把眼前那鳥或那樹也同人自身的處境聯繫起來，因而這種感受總帶有自我審視的意味，並非只是純然客觀的觀察。由此產生的孤獨感便成為一種審美，在觀察外界環境的同時也審視身在其中的自我，從而形成對自身價值的自我確認。」

《尤利西斯》大概就是喬伊斯自我價值的確認。它成為喬伊斯的代表作，也是文學史上劃時代的作品，為現代文學開闢了一個新的天地。

愛爾蘭還有一位大作家名叫貝克特。他曾經是喬伊斯的學生、祕書、忠實的崇拜者。後來貝克特不願接受喬伊斯有精神病的女兒，他和喬伊斯也就不再往來。其實這只是一個表面的原因，實際上，這時的貝克特已經找到屬於自己的文學之路，獨立追尋的時候到了。而在這條道路上，貝克特始終是喬伊斯的後繼者。他們個人的關係斷了，在文學上，卻一脈相承。

二十世紀愛爾蘭出了兩大作家——喬伊斯和貝克特，被人稱為愛爾蘭作家。其實他們都在年輕時代就離開了愛爾蘭，走上自我放逐之路，到了功成名就之時，也沒有回到故鄉，最後，落葉並不歸根。這兩個作者是屬於世界的。

喬伊斯書中的人物都是愛爾蘭人，到了貝克特的筆下，人物不僅沒有國籍，而且來歷不清，身分不明，只是某個人。

貝克特賦予現代性一種獨特的形式，他的作品短小，卻寓意深刻。劇作《等待果陀》成為西方前衛劇場的經典。一九六九年，貝克特獲得諾貝爾文學獎。他晚年隱居，有帕金森症，在巴黎一家養老院去世。

說到前衛劇場，我想到高行健。上世紀八十年代初，他的劇作由林兆華導演，在北京引起轟動，獲得很大成功，成為最早的中國前衛戲劇，開創了中國的實驗小劇場，但是創作中阻礙重重，後來，他離開了中國，沒有再回去。

貝克特在《等待果陀》中，以一個「等」字，深刻揭示人生之荒誕；莫名其妙，等啊等啊，等到上吊。高行健也有一個以等待為題材的荒誕戲，叫作《車站》。一群人在鄉下等公車，各自懷有一個小小心願，去城裡約會、回家、下飯館、打工，可過往的車輛總是不停。許多年過去了，風風雨雨，人都變老了，車還是沒有來。鬧哄哄的人群裡有一位沉默的人，拒絕等待，早已悄然離去。

「孤獨是自由的一個必要條件，」高行健在大廳裡繼續他的演講，「而自由首先取決於能否自由思考……」他說的是誰，喬伊斯、貝克特，還是他自己？大概都是。

高行健的長篇小說《靈山》描述的就是一個人孤獨的旅行。而他本人為寫這部書，實際上做了三次長途跋涉，從北京出發，遊遍長江流域，最長的一次歷程一萬五千公里，許多地方是荒無人煙的山鄉，偏遠的少數民族地區，以及原始森林。《靈山》寫的雖然是中國，而在西方已深為世界各國讀者喜愛。書中許多思考跨出了背景範圍，感覺普世相通。

「……大千世界也好，內心世界也好，都用另一眼光加以靜觀，」大廳裡還是高行健的聲音在講述，「能超越自身的這第三隻眼便是所謂的意識，或稱之為智慧。」

散會的時候，我們遇上美國前總統克林頓。他很熱情，走來和高行健握手，還稱讚高行健的長篇小說：「《靈山》是一本人類的書。」

接下來還有其他人的演講，藝術、科學、政論。等到所有的演講都結束了，組織者為大家舉辦一場告別晚會，來賓都穿上節日的盛裝。高行健還得了一個終身成就金盤獎。

鄰座有位美國物理學家，和高行健同一年獲得諾貝爾獎。兩人說起兩年前斯德哥爾摩頒獎典禮的愉快時刻。大家開心暢飲，紅酒、白酒、香檳酒。晚餐後，還有歌星唱歌助興，年輕的學生們翩翩起舞。

臨別的那天上午，我們帶著行李，在酒店大堂等車，看見許多人往外走，有工作人員、翻譯、來賓、青年學生。前一天晚上和我們歡聚一堂的人，隨著一聲聲道別，很快都不見了。酒店變得空空蕩蕩，走在最後的是保安人員，一改嚴肅的神情，臉上竟然有輕鬆的微笑。

我們到機場，先託運行李，之後去小酒吧，再要一杯愛爾蘭黑啤酒，就此作別喬伊斯和貝克特的故鄉；回想這次短暫的愛爾蘭之行，時間過得好快，就像一場夢。

如煙的夢總要消散，然而，文學的夢還可以繼續做下去，也還可以繼續體會——必要的孤獨。

馬賽高行健年

那些日子，回憶起來已經很遙遠了，高行健獲得諾貝爾獎的消息，出乎所有人的意料，如石破天驚，一時成為許多報紙的首頁新聞。接著，各種邀請、採訪排山倒海、鋪天蓋地而來，世界變成了一個巨大的漩渦，瘋狂轉動，不肯休止。就算家中的電話插銷拔掉，信件直接打包封存，每天仍然有很多人千方百計找他。不久他病倒了，躺在醫院的病房裡。

高行健在諾貝爾獎授獎演講詞裡說：「由種種機緣造成的這偶然，不妨稱之為命運。」我不知是不是上帝的安排，反正，命運的偶然幫了一個忙，在災難就要發生之際，我有不祥的預感。當時高行健的眼睛已經出現過視覺的故障，還成天在法蘭西劇院排戲，我給他的醫生打了電話。她說要趕緊去看急診。那天晚上，高行健從劇院回來，及時進了急診室，繼而被救護車轉送專科醫院，接連做了兩次大手術。

出院之後，等待他的又是馬賽高行健年的繁重工作：一個大型畫展、一部電影、一部歌劇和一個戲，還有他的一個研討會，都列入計畫，日程已定，各方的籌備工作也已上馬。而他的身體還沒有完全恢復，十分虛弱，需要不斷去醫院檢查。

我們暫住在馬賽老城的港灣邊，可以憑窗望海，看海鷗飛來飛去。海風吹來，空氣潮濕，還微微帶點鹹味。馬賽市圍繞高行健舉辦一系列活動，這一年，稱為馬賽高行健年，卻是高行健很艱難的一年，也是我憂心忡忡的一年。

高行健在市政府提供的畫室裡，閉門工作。馬賽位於地中海岸，夏天炎熱，那一年氣溫更是高得反常，可以達到三十幾度。室內並沒有冷氣，到了下午，人感到昏沉沉的。高行健午餐後通常會休息一會兒，然後再接著工作，晚上才離開畫室，沿著老港灣旁的小路，走回住處。

畫展開幕的日子終於到了，我們來到馬賽老慈善院博物館。這座十七世紀的三層拱廊建築，中間有教堂，由當時著名的建築師皮埃爾．普蓋設計，從前是濟貧行善的地方，環境古樸而幽靜。展覽的主題來自高行健為此寫的一首詩，題為〈逍遙如鳥〉。

走進第一個展廳，見牆壁、天花板、地板都塗成了黑色。黑牆上寫有一行白色的文字「你若是鳥」。這一組畫共八幅，每幅四米長，兩米多高，大片的黑色墨蹟形成的畫面，如大地、山巒、湖泊、海洋。他詩中寫道：「群山移動，一個湖泊在旋轉，猶如思緒，你優遊在海與曠漠之間，畫與夜的交匯處……」

第二個展廳整個是白色，如同白雪世界，與前一個展廳一樣由七幅大畫組成，與前一組畫大不相同的是，這一組畫面都以白色為主，像廣闊無邊的天空，著墨淺淡，配上高行健的詩句：「你就是鳥……」畫面的大片空白寂寞、渺茫，也空靈，讓人冥想，如死亡，又如再生，最後，還是什麼都沒有，只留下一些什麼都不像的痕跡就結束了。

展出的一幅幅畫都有連續性，像一首詩。每一組畫，如同詩歌的一個章節。如果用攝像機，從頭到尾慢慢拍攝，影像更能體現畫面流動的感覺。

最後一個展廳是老慈善院的教堂，大殿有三十米高，展出的畫作都被放大印製在半透明的化纖布上，高大的穹頂下，正中央掛了一幅；兩旁各有四個石拱，每個石拱裡鑲有一幅，兩側的牆壁上也各掛四幅。正中穹頂下的那幅，十字架上乍看像鳥，細看似人，莊嚴肅穆，又虛無縹緲。兩側呈現出的畫面如天、地、風、雲、水、火，透過背面打來的燈光，感覺更加震撼。

當初，市政府問高行健想在哪個博物館辦畫展，他毫不猶豫選擇了老慈善院博物館，因為只有那裡才有教堂；雖然早已經改為博物館，聖像也都不在了，卻依舊是一座莊嚴的聖殿。這時候我明白了，為什麼高行健一直夢想在教堂裡做畫展。當教堂變成一個充滿藝術想像的精神空間，那種效果是在畫廊和美術館裡無法達到的。

馬賽老城區的地勢不平，有不少石階路，高高低低，曲曲彎彎。盛夏的一天中午，烈日當頭，高行健走過這裡的時候，兩條腿麻痹了，只好坐在地上。之後，他的身體狀況一直不穩定，又去醫院，看醫生，做檢查，而接下來還要排演，戲名恰是《叩問死亡》——我害怕的字眼，卻是人生無法迴避的主題。

人們很容易把這齣戲看成是對當代藝術的嘲諷，其實，這個戲不僅是對藝術的反思，也是叩問生命意義的哲學思考。一個男人被關閉在一個當代藝術的展覽館裡，先是無聊，繼而無助，漸漸變得煩躁和焦慮，同時也擺脫不了自我的糾纏。這是一個從顧影自憐到絕望的過程。他的「自我」由另一個男演員扮演，兩者展開一場對話，質疑、反思、掙扎、嚎叫，直到死亡；既悲劇，又滑稽，平白一場噩夢，一個人的生命就完結了，而且是結束在當代美術館裡。這可憐的自我變成了博物館裡一個荒誕的展品。

法國哲學家、作家沙特有句名言：「他人是地獄。」我覺得很精闢，最常見的典型例子就是夫妻反目。兩個共同生活的人，再也不能忍受對方，彼此成為他人的地獄。

高行健的看法不盡相同。他認為，自我也是地獄。這個自我原本混沌一片，如同深淵。我也深有體會，面對自己，有時候，比面對他人更難。這自我很累贅，很煩惱，無法擺脫。對自我的認知與超越，才是高行健的這戲中更深刻的含義。

以戲劇探討哲學的劇作家，在西方也不多見，有沙特、貝克特。這類戲劇對普通觀眾來說，還是比較沉悶難懂。

首演的那天晚上，我看見劇院的售票處排了長隊，不禁驚喜；沒有想到，馬賽的觀眾竟然以極大的熱情迎接這個戲。幾場演出全部爆滿，而且，產生強烈的共鳴。每次演出結束，觀眾總是報以熱烈的掌聲和喝彩。

在馬賽－艾克斯大學，杜特萊教授和妻子莉莉安組織了有關高行健作品的研討會。高行健的許多朋友來了。他們是世界各地的譯者、學者和教授，有來自瑞典的馬悅然、羅多弼、陳邁平，來自美國的劉再復、菲亞，來自澳大利亞的陳順妍，來自臺灣的胡燿恆，來自香港的方梓勳，來自日本的飯塚容，來自新加坡的柯思仁；虹影、趙毅衡從倫敦來，張寅德、塞巴斯提安·威格從巴黎來；還有其他朋友。大家好幾年沒有見面了，又歡聚在一起，其樂融融；除了開會，還一起觀看了歌劇《八月雪》的演出。

這部歌劇兩年前在臺灣國家劇院已經上演過。這次劇組來到馬賽，是和馬賽歌劇院合作製作，與馬賽歌劇院的樂隊和合唱隊一起，把這部歌劇搬上馬賽舞臺。陳郁秀女士時任文建會主委，也來到馬賽。大家興高采烈，像迎接一個盛大節日，但是人們並不知道，為了這部歌劇，陳郁秀和高行健曾經遇到過許多不可想像的困難，多少次計畫險些化為泡影。演出並沒有在馬賽高行健年進行，而是推遲了一年多的時間，劇組抵達馬賽已是二〇〇五年初了，直到這時我才相信這個夢就要變成現實。

在臺灣排練《八月雪》的時候，高行健因身體不適在醫院裡住了一個星期。他的頸動脈嚴重堵塞，已經超過了百分之八十五，隨時會有危險；出院以後，回到巴黎，又去法蘭西劇院導戲。我還記得《八月雪》劇中有一段，慧能繼承衣缽，危險隨之將至。五祖弘忍對他說：「自古傳法，命若懸絲。」從排練到演出，這戲我已經看過好多遍了，每一次都很怕聽到「命若懸絲」這句臺詞。這一次依然如此。

這部歌劇是前人從未有過的嘗試——第一次把禪宗題材呈現到戲劇舞臺上，第一次京劇與西方歌劇融合，第一次由西方合唱隊用中文演唱，第一個東方歌劇在西方歌劇院製作上演。舞臺上，古代與現代，東方與西方，京劇與歌劇，禪宗與藝術，渾然一體。這也是高行健追求的全能戲劇，既不同於義大利抒情歌劇，又不同於中國傳統戲曲，也不同於西方當代歌劇。這樣一種獨特的歌劇，用樂隊的法國指揮圖特曼的話說：「是歌劇史上沒有過的。」

歌劇院的門票在首演之前就已經售罄。原本習慣看西方傳統歌劇的觀眾，被感動了，謝幕的時候，整個歌劇院沸騰起來，掌聲如雷鳴，熱烈的喝彩聲經久不息。

主演是臺灣著名演員吳興國，在劇中實現了一位全能的演員的精彩表演。還有許多臺灣國立戲校和國光劇團的京劇、雜技演員，經過一年多的現代舞和西方聲樂發聲方法的訓練，從傳統的程式裡解脫出來，同時又唱念做打俱全。舞蹈家和編舞林秀偉指導演員的形體訓練，同時設計舞蹈動作。這部戲除了音樂，還融合了說白、對話、舞蹈、雜技、武術。京劇和雜技演員大都第一次走上西方歌劇舞臺，巨大的挑戰和艱苦的努力，可想而知。作曲家徐舒亞的音樂完美演繹了這一齣既非古典又非現代、既東方又西方的以禪宗精神為題材的歌劇。

高行健把歌劇的場面也拍進他的電影《側影或影子》。這部電影十分特別，和現今的商業電影完全不同，沒有故事，也沒有敘述，就像是以畫面和聲音為語言，寫一首長詩。破碎的記憶，遙遠的夢境，藝術的想像和藝術作品的呈現，以及痛苦的降臨，死神的造訪，都揉和在這部影片中。馬賽高行健年活動的許多畫面也拍攝到電影裡，成為一個永久的紀念。

《八月雪》最後一場演出結束後，劇組的演員穿著戲裝走出歌劇院，進入攝像機的鏡頭。那一年馬賽的冬天，天氣異常，最低氣溫降到攝氏零下十幾度。午夜裡，馬賽老城的街頭，黑暗寒冷，空無一人。突然間，出現了一群來自遙遠時代的中國人，手舉著火把，有六祖慧能、女尼無盡藏、禪師、作家、歌伎、瘋和尚……戲裡的人都來了，緩緩走過古老的石階，就像一個夢。

第二天，這些劇中的人物，又來到老慈善院古老的石拱廊上，每個人站在一個石拱下，一共三層拱廊，就像一幅幅古老的人像畫，鑲嵌在巨大的畫框裡。老慈善院裡寂靜無聲，拍完了這個鏡頭，馬賽高行健年就結束了。

所有的人還沉浸在夢境裡，而一切都已經完結，離去的時候到了，就像《八月雪》最後一幕，大禪師喊：「散了，散了，參堂如戲園，此處不留人，人走場空，各自營生去吧！」結尾時，眾人合唱：「這世界本如此這般，哪怕是泰山將傾，玉山不倒，煩惱端是人自找；莫道夜雨打芭蕉，輕車駛過風也蕭蕭。今朝與明朝，同樣美妙，還同樣美妙！」

大家就這麼散了，回到臺灣，或瑞典、美國、英國、澳大利亞、日本、香港……

我們又回到了巴黎。高行健的身體狀況已經穩定下來，並且漸漸好轉，開始恢復正常的生活，平時在家裡寫文章，或是去畫室。

我繼續做助理工作，每天還要處理繁雜瑣碎的日常事務，有時會回想起《八月雪》裡眾俗人的唱詞：「我等搬磚的搬磚，打掃的各自打掃！」「到彼岸即是大智慧，」而下面一句至關重要，那就是——「發平常心即是大慈悲！」

與莫里哀為鄰

我家離莫里哀故居很近，經常從他門前經過；即使在很匆忙的時侯，走到這裡，也不會無動於衷。街的岔路口上，有一個小型噴泉，建於十九世紀，命名為莫里哀噴泉，立了一尊莫里哀青銅像。兩側各站一個石雕的少女，體態豐滿，手持長長的詩篇。下邊是噴泉池，水從三個小小的泉眼向下流淌。水聲潺潺，打動人心；如果是夜晚，就更像憂傷的傾訴。

噴泉斜對面是故人曾經居住的老房子。不過，現今這幢十七世紀的樓房已經由開發商翻修，底層是個小展廳，有時展出時裝。老樓門前立著個紅字鐵牌，上面寫著他的生平：「一六二二年一月五日，出生於巴黎一個富商家庭……既是劇作家，又是導演和主要演員，還兼任劇團團長，一六七三年二月十七日，死於《無病呻吟》第四場演出謝幕之後。」

大約十年前，老樓還沒有翻修。有一次，我路過這裡，看到大門敞開，十分好奇，走了進去。整個樓都空著，破爛不堪。樓梯還完好，古舊的趣味十足，而且，一下就讓人想起穆努什金娜的電影《莫里哀》。患有嚴重肺病的莫里哀，在一次演出後，突然吐血倒下，被人抬回來，就是經過這樓梯抬回到他房裡，那長長的電影鏡頭令人難忘。他完成了一生的最後一次演出，回家後就去世了。

莫里哀二十歲時迷上了戲劇，從此在父親眼中成了一個敗家子，不務正業沒出息的人。他與家庭不和，只好離家出走，創辦小劇團，從事自己熱愛的戲劇創作，從此，也就踏上了艱辛的藝術之路。

劇團在外省奔走，巡迴演出，生活很艱苦，而且入不敷出，欠債，被債主催逼，幾近絕境。這樣苦撐了十多年，漸漸有了一些成功，又回到了巴黎。終於有一天，《可笑的女才子》這齣戲一炮打響，也讓莫里哀一舉成名。

創作和生活的條件改善了，同時少不了為王室的節慶湊熱鬧，也得應付消閒娛樂節目。

雖然國王非常喜愛藝術，但是君王畢竟是君王，臥榻之側，豈容他人鼾睡。莫里哀是一個自由不羈的藝術家，創作的《太太學堂》、《偽君子》、《唐璜》，因為大膽的言辭，辛辣的諷刺，招來貴族社會的非議，得罪了教會，也惹得國王十分不快，下令禁止了這些劇本的演出。

莫里哀兼任編劇、導演、主演，也是劇團團長，要創作演出，還要讓劇團生存，十分辛苦；心情越來越不好，身體狀況也越來越差，長期患有肺病，有時在臺上演著演著就咳嗽起來。

巴黎的冬季漫長難捱。一六七三年的二月，一個寒冷的晚上，莫里哀到劇場演戲，劇目竟然是《無病呻吟》。一如往常的幽默，逗得觀眾大笑不止，劇終落幕之後，他卻在舞臺上倒下了，再也沒有站起來。莫里哀去世時，五十一歲，和巴爾札克一樣，筋疲力竭了。

上世紀八十年代初，我還在北京，在大學裡上法國文學課的時候，老師講到莫里哀，法國古典喜劇大師，西方戲劇史上最偉大的劇作家之一。我們這些學生聽了，非常崇拜。那時中國社會剛剛開放，我和這些同學都是在文革中長大的，對法國文化瞭解極少，加上思維方法和生活習慣的巨大差異，讀莫里哀的劇本，簡直一頭霧水。

我讀了《太太學堂》，覺得太不可思議了，怎麼還有這樣的事，還有這樣的人？其實，很多男人都想開太太學堂，找個單純的女孩子，畫地為牢，一廂情願，而且隨心所欲，把她打造成自己想要的女人，結果，事與願違，竹籃子打水一場空。

現實生活中的真實戲劇，可以當成莫里哀的喜劇來看，反過來，莫里哀的喜劇，也可以當成現實生活中上演的真實戲劇。如今，我已經學會了在劇場裡看人生，在生活裡看戲。他的其他作品，比如，《慳吝人》，《偽君子》，戲中的人物，吝嗇、滑頭、花心，說謊、虛榮、臭擺……直到今天，在現實社會中，同樣會看到這樣的人，也會發生那樣的事。他的戲有強大的生命力，三百多年來一直在上演，經久不衰。

莫里哀去世七年以後，國王把他的劇團與另外兩個劇團合併，建立同一個劇場，這就是今天舉世聞名的法蘭西劇院。這座古老的劇院是一個有三百多年歷史的戲劇聖殿。劇院的另一個名稱是莫里哀之家。莫里哀視劇場為家，現在的法蘭西劇院依舊是他的家，保留了他的全部劇目，經常上演，每年一月五日還為他舉辦一次慶生晚會，演出他戲裡一些的精彩片段。劇院大門的一側，有一個高大玻璃罩子，裡面陳列了一把巨大的皮椅，比正常的大四倍，破舊不堪，彷彿歷盡了滄桑，這就是莫里哀最後一場演出留下的道具。

故居、噴泉、法蘭西劇院，相距不過一百米，由一條街貫穿。三百多年前，莫里哀從家去劇場，再從劇場回家，這條街是必經之路。現今，我也經常從這裡走過，此生有幸，與莫里哀為鄰，心裡會少一些寂寞，多一些慰藉。

週末，劇院門前的場地上，總有些年輕人演奏古典音樂，招來行人駐足傾聽。陽光下，優美的音樂聚集了快樂的人群。我也時常加入其中，分享美好的時光。

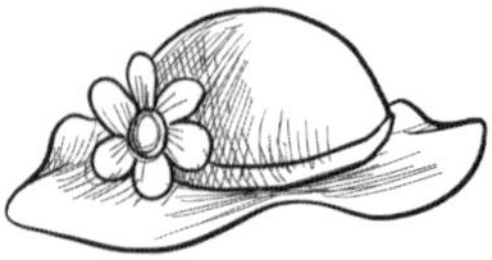

塞納河之夢

塞納河就像一個夢。

我喜歡在這裡散步，邊走邊看河畔風光，如同置身於一幅古典油畫裡，陽光、河水、綠樹、石橋、古老的建築，當然忘不了右岸有羅浮宮，左岸有奧賽美術館，還有，河心的城島上有巴黎聖母院。

我剛到巴黎的時候，和許多外國人一樣，並不認為美麗的塞納河是一條大河。一位法國朋友告訴我這是法國第二大河流，有七百七十七公里長，百分之三十的法國人生活在塞納河流域。她源起東南部高原，一直向西北注入芒什海峽，水流湍急。這樣說來，我還小看了塞納河。

而朋友的這幾句話，也顛覆了我從小就在頭腦裡根深柢固的觀念：「一江春水向東流。」塞納河不向東流，而是向西北流去。

被顛覆的豈止是這古詩詞，太多的事情出乎想像。就拿美術來說，我到巴黎之前，幾乎沒看過裸體像。那時候，中國剛剛開放，北京有些畫家開始畫裸體，引起轟動，還鬧出一個什麼事件。北京人茶餘飯後當個笑話說，什麼模特兒的丈夫大鬧之類。大家還是把裸體看成羞恥的事情。

第一次進羅浮宮，我走在成群的、高大的裸體雕塑之中，震撼之極，幾乎忘了看的是什麼；後來再去，慢慢看，兩三個小時待在那裡，最終，被徹底征服——太美了，而且登峰造極。赤裸的、活生生的、人體展現，男人陽剛，女人陰柔，比什麼都美。讚美之餘，也感嘆石像之精緻，就連小天使曲卷的頭髮、身上的肉褶，以及生殖器官都雕琢得一絲不苟。

接著，我開始找維納斯像，以前只在書本上看過。我一個廳一個廳，找啊找啊，暈頭轉向，迷失在藝術的海洋裡。遇見一位工作人員，上前打聽，按照他指出的方向，我邁步上樓梯，一階一階，腳步越來越急切，到了一個展廳，迎面看到了斷臂的維納斯石雕像，上半身裸體，下半身裹了一塊布，站在石座上。雕像本身很高，超過兩米，需要仰望。

維納斯身體修長、豐滿、健壯，臉龐十分漂亮，盤髮隨意，神態自然而莊重。西元前一百年古希臘人的作品，竟然和現代人的審美感覺沒什麼差異，要是有一點不同的話，可能是比現代人還要美。

旁邊的中年男人一臉激動的神色，抬頭注視雕像，看得出神。展廳裡靜悄悄，大家都屏住了呼吸。

雕像十九世紀初才發掘出來。在希臘的米洛島，一個農民挖石頭砌牆，最先看到了石像的髮髻，恰巧遇到一個愛好考古的法國海軍學校見習生，攛掇他接著挖，結果，挖出一尊偌大的古希臘石雕像，只是斷掉的手臂沒有找到。這個軍校見習生趕緊報告法國領事館。後來雕像由一位法國男爵買下，運回法國。這時拿破崙帝國已經倒臺。男爵把雕像獻給當時的法國國王路易十八，由國王捐贈給羅浮宮。此時羅浮宮已經成為博物館，向公眾開放。維納斯像從此在羅浮宮收藏。她失去了雙臂，臉上、身上有受損和風化的傷痕，時光穿越兩千年，而那種美，無與倫比，永存於世。

後來的幾年裡，我又去看過幾次維納斯像，每一次的感覺都很新鮮，但是，第一次那個激動人心的時刻，最難忘懷。

我第一次去奧賽美術館，興奮而緊張，像一個學生，第一次走進大學的校門。愛上印象派，還是在中國，僅憑書本和畫冊上有限的瞭解。當時我剛剛大學畢業，經歷了情感上的挫折，心灰意冷；看到馬奈〈草地上的午餐〉上的男女，心裡有些沉重；看到竇加畫的小舞女，不禁有些傷感；再看到梵谷瘋狂的〈向日葵〉，又聽說他三十幾歲以自殺結束生命，越發感到痛心。

終於有一天，我站在一幅幅原作之前，一邊欣賞，一邊想：「這不是在做夢吧？」然後，徜徉在美術館明亮寬敞的大廳裡，再去咖啡室，坐下休息，有一種說不出來的幸福感。

梵谷畫中的色彩明亮刺眼，線條發瘋般扭曲，很容易給人挑釁和反叛的感覺，實際上是藝術家內心的痛苦掙扎。桀驁不馴的背後，是對生命的熱愛。其實，藝術家和小孩一樣，是單純可愛的。他畫出的痛苦，並不是痛苦本身，而是對痛苦的認識。有了這個認識，黑暗中也有希望。

我看完畫展的時候，心裡是光明的，同時無限感動，這光明是梵谷給我的，而他，卻自殺了。

走出奧賽美術館，又到了塞納河畔，沿著河岸走，聽到巴黎聖母院鐘聲響起，聲音悠揚，我不由自主，朝鐘聲的方向走去，經過沿途的一個接一個綠色的蜂箱樣的舊書攤，不過一刻鐘就踏上了河心的城島，來到巴黎聖母院前。

雨果有部長篇小說《巴黎聖母院》，故事發生在五百年前的中世紀。女主人公愛斯梅哈達是一個美麗的波希米亞少女，就是在聖母院前的這個小廣場上，跳舞賣藝，最終，被人害死了。

雨果是個大好人，善良、正直。他在書中塑造了一個心靈美好、外表醜陋的怪人凱西莫多，是聖母院的敲鐘人。他試圖搭救愛斯梅哈達，但是最後也和她一同死去。雨果寫小說，如同寫詩，有很多主觀想像。現代人會說：「這怎麼可能呢？」然而，他一副真性情，在《巴黎聖母院》裡留下了對美、愛、善的哀思。

而今，凱西莫多的鐘樓裡，鐘聲依舊，如泣如訴。真實的巴黎聖母院就在我眼前，不僅僅是一個宗教的殿堂，也是寄託人文情懷的聖地。這就是文學的魅力。

聖母院有八百多年的歷史了。我已經無數次欣賞這座精彩絕倫的建築，還有上面的石雕、彩繪玻璃，每一次都和第一次一樣，讚嘆不已。

現在，遊客越來越多，有時進大門要排長隊。我不是很想進去，只在附近走走，然後在小廣場邊的石凳上坐下。五百年過後，這裡依舊有人賣藝。一個女孩穿背心短褲，跳現代舞，動作非常激烈，博得陣陣掌聲。

城島、聖母院，街頭藝人，遊客，還有我，都被塞納河環抱。我知道我不是在看風景，感受塞納河的美麗也不只是風景，她承載的是一個美好的精神世界。

花神咖啡館

從羅浮宮走到塞納河邊，過了橋，從右岸到了左岸，再繼續向前，不到十分鐘，就到了花神咖啡館。巴黎人都知道花神咖啡館，這著名咖啡館也叫作文學咖啡館。

這是一家老式的咖啡館，裝潢很簡單，和巴黎其他老咖啡館沒什麼區別。不同的是，菜單上印有花神咖啡館文學獎獲獎者的名單，門口的玻璃窗裡陳列著得獎的書，一下就讓人感覺到文學的氛圍。

還記得一個法國朋友告訴我，有一次，他帶一個中國朋友來這裡，介紹說，這是法國最著名的文人喝咖啡的地方。那個中國朋友就站起來，左右張望，問：「他們在哪呢？」

我聽了不禁笑起來——他們都不在人世了。

這時已是晚上十點多了，咖啡館裡的人並不多，不知是不是附庸風雅，說不定還有名人。露天座位比較熱鬧，傳來陣陣英語之聲，顯然這裡已經是旅遊勝地了。

咖啡館於一八八七年開張，算起來，到今年，已經一百二十八年了。一九一三年，詩人阿波利奈爾在這裡創辦了文學雜誌《巴黎的夜晚》。那時一次大戰已經爆發，但是文學活動並不受影響，詩人們常常在這裡聚會。之後，布魯東、阿拉貢，還有後來成為文化部長的作家馬勒侯，都是花神咖啡館的常客。

到了三十年代，花神咖啡館進入了一個美好的時期，每日熱鬧非凡，無數的作家、藝術家、出版人進進出出，約會，喝咖啡，高談闊論。

就這樣過了十多年，到了二次大戰，巴黎淪陷，文人依舊光顧花神咖啡館。沙特和德波娃經常早上九點就來，看書、寫作、會朋友、討論問題，有時早、中、晚三餐都在這裡吃，想必那時的價錢還很便宜。他們一待就是一整天。這些作家喜歡這裡還有一個原因，冬天家裡太冷，沒有暖氣，咖啡館就成了無比溫暖的好地方。

二次大戰結束後，花神咖啡館又進入了一個新的時期，更加繁榮，座上盡是作家、藝術家、電影人、社會名流和時尚人物。

一百多年過去了，在這裡相繼誕生了達達主義、超現實主義、存在主義。

花神咖啡館的旁邊，還有一個競爭對手——兩個怪人咖啡館，也叫「雙偶」咖啡館。牆上有兩個特大的著滿清服飾的木雕人像，樣子古怪。這裡十九世紀初曾經是一家絲綢內衣店，擺上兩中國木雕像，意思是絲綢來自中國吧。到了十九世紀末，絲綢內衣店變成了咖啡館，也是一個文人喜歡光顧的地方，著名的常客有詩人威爾萊、藍波、馬拉美。二十世紀以後，兩怪人咖啡館風光依然，絲毫不輸花神咖啡館。

這些巴黎的文人、名流不是在花神咖啡館，就是在兩個怪人咖啡館，說是競爭對手，不如說相互呼應，相得益彰，鬧得塞納河左岸美名遠揚，也一同見證了法國文學的光榮。

「向法國文學致敬，」我說，「來一杯咖啡。」

服務生沒什麼表情，忙著服務，哪有閒心注意我在向誰致敬。

現在，有不少人擔心，巴黎傳統的咖啡館還能維持多久。一杯咖啡給店主帶來的利潤是微小的，而維持一個店面的成本越來越高。不過，我相信，即使所有的咖啡館都關門了，也輪不到花神咖啡館和兩個怪人咖啡館。只要巴黎還存在，這兩家咖啡館就會存在。

也許，文人泡咖啡館的美好時光終將結束。這些年，越來越少有作家在咖啡館裡寫作，一些過去的場景已經很難看到——他們走進咖啡館，一副放浪不羈的樣子，向服務生打個響指，喊道：「一杯咖啡，兩張白紙。」等服務生端上咖啡，遞上稿紙，就拿出筆來，低下頭，邊喝邊唰唰寫起來，並非故作瀟灑。

時光過卻，咖啡館依舊，咖啡的香味也依舊，坐在花神咖啡館裡，簡直不是在喝咖啡，而是重溫一百年的文學夢，四歐元一杯，還不太貴。

「我第一次來這裡是一九七八年，給中國作家代表團當翻譯，和巴金一起。」高行健說，「那時文革剛剛結束，這是出國訪問的第一個中國作家代表團，法國的邀請單位特地安排我們來這裡，告訴我們這是巴黎有名的文學咖啡館。當時巴金的《家》剛剛出了法文版，出版社安排的聚會。我們見了新小說派的代表人物羅布格里耶，也約了荒誕派劇作家尤奈斯庫，但是他沒有來。據主辦人說，他常常喝酒過多，會忘記約會的時間。」

高行健記得當時的菜單上還印有列寧和海明威的名字，說明他們也曾光顧此地。要不是來到花神咖啡館，他也許不會講起這段往事。文革初期，高行健把以前寫的手稿都燒掉了；文革中在農村的五年期間，偷偷寫下的文字，又都銷毀掉了。文革結束以後，他到作家協會外聯部當法文翻譯；出訪法國之前，給巴金看了些新寫的稿子。巴金十分讚賞。沒想到在巴黎接受記者採訪時，巴金竟然對記者說：「我已經老了，」又指著高行健說，「這可是一個真正的作家。」可當時他還沒發表過一行文字。

「回到北京後，」高行健繼續講述這段往事，「我立即寫了一篇散文〈巴金在巴黎〉，配上我拍的巴金仰望他當年在巴黎留學舊居的照片，在北京的文學雜誌《當代》創刊號上發表。那是我第一次發表文章。」

巴金當時是文學雜誌《收穫》名譽主編。他女兒李小林是該刊的編輯，很快就向高行健約稿。廣州的文學雜誌《花城》主編李世非和另一個刊物《隨筆》的主編黃偉經也來約稿。高行健白天上班做翻譯，只有晚上和星期天才能寫作。

「這一生中好不容易有這樣的機會，」高行健接著說，「我天天熬夜趕稿，先對錄音機口述，這樣思路來得也快，然後再謄寫。很快便發表了兩個中篇小說。論著〈現代小說技巧初探〉在《隨筆》上連載了七篇之後，黃偉經說乾脆出書吧。書一出版，反應很好。接著我又寫了〈現代戲劇手段初探〉，也在這家刊物上連載了五、六篇。不料〈現代小說技巧初探〉惹來了麻煩，〈現代戲劇手段初探〉也停發了。」

這期間，高行健進入北京人民藝術劇院，成為劇院的劇作家。林兆華導演了他的劇本《絕對信號》，引起轟動，在北京人民藝術劇院演出上百場，開創了中國小劇場的實驗戲劇，可另一個戲《車站》只演了幾場就禁演了。

「我的作家生涯剛開始，就碰上清除精神汙染，趕緊離開北京，躲到大西南的原始林區，當野人去了。」說到這裡，高行健喝了一口咖啡，一笑了之。

他在中國一共寫了四部戲和五個短劇，一部中篇小說集和十多個短篇小說，兩本文論和半部長篇小說《靈山》；再後來，到了法國，完成了小說《靈山》，又寫下了另一部長篇小說《一個人的聖經》，還寫了九部戲（五部用法文，三部用中文），一本文論集。

二〇〇〇年，高行健獲得諾貝爾文學獎，是華人首次獲得此獎，也是法國的第十三個諾貝爾文學獎。

之後，高行健又出版了三本文藝論著《論創作》、《論戲劇》、《自由與文學》，劇本《夜間行歌》和詩集《遊神與玄思》。他還導演了歌劇《八月雪》，在臺北國家劇院和馬賽歌劇院上演，又在法蘭西劇院執導了他自己的劇本《周末四重奏》，此外，拍了三部電影，還辦了近四十次個人畫展，十幾次參展。

三十六年過去了，又坐在花神咖啡館裡，享受那濃濃的咖啡香味，回想起這些往事，或許應該感慨萬千，但是高行健看上去很平靜，只是淡淡說：「我的文學生涯基本結束了，該畫一個句號，不過還想再出幾本藝術書。」

這裡曾經誕生過那麼多的「主義」，也讓我想到高行健上世紀九十年代出版的一本書，書題是《沒有主義》。這一百年的文學，可以說是「主義」文學。「主義」像一面旗幟，旗下會聚一些人。他們成為一個群體，熱熱鬧鬧，甚至轟轟烈烈，然而，這個時代已經過去了。高行健回歸個人，用他自己的說法，他的文學是「冷的文學」，一個人獨立不移，寫自己要寫的書，做自己要做的藝術。

蒙巴納斯的故事

一百年前的一群人，懷揣理想，來到這裡落腳，以執著的追求，最終把他們的名字寫進了藝術史。這個地方就是蒙巴納斯，位於巴黎第十四區。這些人被稱為蒙巴納斯藝術家。

上世紀七十年代，這一帶許多破舊不堪的藝術家畫室被拆掉，蓋了一個摩天樓，命名為蒙巴納斯塔，一直被人認為破壞了巴黎的景觀，卻是這裡的地標性建築。在摩天樓的不遠處，還保留當年的一些畫室。有一個小小的叫作蒙巴納斯藝術區的地方。其實不是什麼區，很像一個過去的貧民窟，在一條很小的死胡同裡，被政府部門翻修過，掛個「蒙巴納斯博物館」的牌子。其中一個較大的畫室可以舉辦小型畫展。其他的畫室大概租出去了，有畫廊，也有攝影工作室。大門牆上貼了個通知，說從二〇一五年起，這家博物館將與郵局博物館合併，這就和取消了差不多。總之，蒙巴納斯作為一個單獨的紀念館很快就不復存在了。不過，本來也不能算是什麼博物館，僅僅能看到一些低矮、簡陋的老房子而已。

而這些老房子曾經是一個時代的藝術家們的畫室，有過很多故事。從一九一三年到一九一八年，這裡有過一個免費的藝術家食堂。光顧食堂的常客有畢卡索、夏卡爾、馬蒂斯、蘇亭、阿波利奈爾……反正，那個時代的藝術家，能叫得上名的差不多都來過，吃著粗茶淡飯，暢談藝術夢想。食堂的創辦人名叫瑪麗．瓦西里耶夫，是個樂於助人的俄國女畫家，她自己的畫室也在這裡。

我跟著高行健一起拍照片，下午的陽光落在白色的糊灰牆上，上面爬滿綠色的常春藤。這裡絲毫聽不到大街上的喧囂，很像鄉村，與其叫藝術區，還不如叫藝術村更貼切。我坐在屋簷下的長椅上，高行健給我拍了一張照片，然後又拍到一隻貓爬向屋頂，多像夏卡爾的畫。我喜歡他攝影的取景，畫面總是很美，讓照片上的人也很自然融合到背景裡。

在這裡流連許久之後，我們走到一條小街的街口，覺得這地方好像來過，看見寫著亞當字樣的招牌，才想起這就是高行健經常光顧的美術用品商店。他每到創作大型作品之前，都要在這裡訂購畫布。我們以前都是專為繪畫材料而來，辦完事情就匆匆離開，從未留意周圍的環境。

這家店一八九八年開張，有一百多年的歷史了。十九世紀末，巴黎北部的蒙馬特高地有許多印象派畫家的畫室。來巴黎追夢的年輕藝術家大都奔赴蒙馬特高地，後來又向南轉移，穿過塞納河，去蒙巴納斯尋找落腳點。一九一二年，畢卡索從蒙馬特高地搬遷到蒙巴納斯，曾經在這家店裡買繪畫工具、畫布和顏料。店主亞當祖孫三代人都接待過他。伊夫·克萊因用這裡配製的混合溶解劑加藍顏料，調出了著名的「伊夫·克萊因藍」。現在美術館和私人收藏的蒙巴納斯藝術家的作品裡，想必有不少材料來自亞當美術用品商店。

路口上的小街叫作開心街，名副其實。儘管街道窄小，卻布滿酒吧、咖啡館、餐館、戲院和夜店。各家的店面都不豪華，看來是一百年來平民百姓吃喝娛樂的地方。我們找了個咖啡館坐下。老闆娘很貼心，端上咖啡，還免費配搭巧克力糖。對面是蒙巴納斯劇場，規模不大，卻是很漂亮的石建築，帶有石雕人像裝飾。廣告燈打出正在上演的戲《憤怒的老虎》，名字挺嚇人。

我們又繼續向前，走出開心街，接下去是蒙巴納斯街，到了街的盡頭，見羅丹的青銅雕塑巴爾札克像，下邊刻著「向巴爾札克致敬」。羅丹是對的，應該向巴爾札克致敬。他的鴻篇巨著《人間喜劇》中有長篇小說，也有中短篇小說集，其實是人間悲劇，但是他用喜劇的眼光看待大千世界，人情百態。這些作品彙集成書一共有九十多本。不管怎麼說，他稱得上是一位文學巨匠。

青銅像的人頭和上身特別大，有點滑稽，不是搞怪，而是他長年勤奮寫作，又喝咖啡熬夜，得了一種病。

我拍了青銅像的照片，走過蒙巴納斯大道，進入大茅房街。街名較土氣，想必早先是個荒涼的地方。十四號門掛了個牌子「畫家學會」，一個世紀前，由雕塑家布戴爾創辦。這個大門裡就是他當年的工作室，現在像個公司或者政府機構。八號門也有個牌子，說曾經是高更和莫迪格里亞尼的畫室，但是什麼都看不出來。

又回到大街上，我走得腿疼，但來都來了，還是堅持一下，多走走吧。

哈斯巴伊大道上，一座獨立的小房子，木結構，簡樸小巧，像童話的小屋，對於當年的藝術家來說已經很豪華了——曾經是畢卡索的工作室。

我的腿越走越疼了，還不甘心，繼續走，歪打正著，在一條小街裡，看見一家小旅店，招牌是伊絲特亞旅店，仔細一看招牌下的字，不得了，那個時代的文人、藝術家，名字一大串，都在上面。這家不起眼的小旅館當年是這些人聚會的地方。隔幾步遠，有一小樓，也掛一塊牌子，寫著梵谷、高更、伊夫·克萊因，還有其他人的名字，說他們的畫室都曾經在這樓上。

和這條街橫插了一條小道，取名地獄小道。名字很可怕，卻是一條充滿陽光的安靜小街。攝影大師曼·雷的工作室曾經在這裡。有段時間，他和一個名叫吉吉的女子相好。吉吉是著名的蒙巴納斯之花，既是藝術家的模特兒，她自己也是藝術家，率性灑脫，作風大膽。

曼·雷是美國人，在巴黎度過了大半生。他鏡頭裡的女性細膩動人，有一組攝影作品以吉吉為模特兒。其中一幅代表作是吉吉的裸背，豐滿圓潤，線條優美，恰似一把小提琴的形狀，題為〈安格爾的小提琴〉，對法國畫家安格爾的古典風格油畫〈土耳其浴室〉做了一個現代詮釋。不久，他們兩人分手，各自有了新的戀情。許多年後，曼．雷遇到了自己的人生伴侶，一個名叫茱麗葉的女子。兩人真誠相愛，相伴終生。一九七六年，曼．雷八十六歲，逝於巴黎，葬在蒙巴納斯公墓。墓誌銘是「超脫，但不冷漠」。茱麗葉去世後，也葬在同一墓碑下。

吉吉後來的生活並不快樂。因為沒錢，也因為母親重病，她到歌舞廳表演，隨後，自己開了一個名為「吉吉之家」的歌舞廳。年復一年，青春不再，喝酒太多，健康不佳；還吸毒，又戒毒。一九五三年，吉吉五十三歲去世。昔日的藝術家朋友早已經不知在何方。她並沒有葬在蒙巴納斯公墓，而是在巴黎偏遠的郊區。

蒙巴納斯藝術家資料裡，有不少吉吉的照片，笑容燦爛。如今她的名字已經成為蒙巴納斯一個時代的記憶。

二十世紀的二、三十年代，被法國人稱為「瘋狂年代」。人們成群結夥，泡咖啡館、酒吧，常常像過節一樣，跳舞狂歡。蒙巴納斯不在巴黎市中心，本來是巴黎的一個貧民區，房租低廉，有許多便宜的酒館、咖啡館，逐漸變成這一時期巴黎的藝術家聚集地。他們當中有法國人，也有不少外國人。

許多藝術家來自世界各地，俄國、波蘭、西班牙、義大利、日本，還有北歐、南美，據說他們聚會的時候，可以聽到十幾種語言。巴黎成為全世界藝術家夢想的地方。

當年蒙巴納斯簡陋破舊的畫室還可以在許多老照片上看到。這些藝術家大多生活在貧困中，但是苦中有樂，青春無悔。

我懷念過去的蒙巴納斯。

在蒙巴納斯的大街上，我已經走得筋疲力盡了。高行健說：「到此打住。」再一看手錶，已經晚上七點半，天色也暗了下來。不過，既然到了晚餐時間，還是不能打住，因為上個世紀之初蒙巴納斯最有名的地方——穹頂餐館，就在我們眼前。

我們已經很多年沒來過了，一百年前的舊式玻璃穹頂居然不見了，換成現代玻璃裝飾，色彩鮮豔，沒有從前古舊淡素的趣味，還是穹頂餐館嗎？完全看不出是從前的藝術家紮堆泡酒吧的地方。當年餐館的主人找了幾個畫家，在大廳的柱子上畫畫。這些畫柱還在，只有老舊的特色，並無驚人之處。

餐廳裡有不少遊客。原先的菜式以海鮮冰盤為主，不過鄰座的外國人都選熱菜。我們也點了烤魚。走了幾個小時的路，坐下休息，吃著喝著，很是享受，而回想一下這大半天的行腳，我說：「好像什麼都沒看見，只是追隨這些藝術家的足跡而已。」

「散散步就可以追隨他們的足跡，這不是很好嗎？」高行健很高興，一點都不感覺累。

這些蒙巴納斯藝術家都已經作古，要到圖書資料上去找他們。現存的畫室寥寥無幾，多數已經被拆掉，蓋了一些新樓，也有些改建為住宅和公司。一個世紀過去了，他們的藝術夢已經完結，留下了藝術史上的篇章，還有蒙巴納斯這個響亮的名字。過去的一切都不復存在了。現在生活在這裡的人，做生意的、上班的、上學的，該幹什麼就幹什麼。不同的是，沾上蒙巴納斯的名氣，加之巴黎好地段，房地產價錢已經非常貴了。咖啡館、酒館、餐館也都可以坐地起價。

那時的藝術家有理想，有熱忱，有勇氣；雖然生活條件比較差，卻也有天真快樂的童心。我羡慕他們。

我也聽到過有關他們的悲慘故事。

蘇亭出生在白俄羅斯，是猶太人，在巴黎的藝術生涯十分艱苦。他和莫迪格利亞尼是好朋友。有段時間，莫迪格利亞尼住在一個收藏家的豪宅裡，蘇亭常來看他。房主人不喜歡蘇亭邋遢不潔的樣子，不許他來家。莫迪格利亞尼為好朋友抱不平，在房主人的一扇門上，畫了蘇亭像，說：「有一天，這扇門會很貴。」

二戰期間，納粹迫害猶太人，蘇亭離開巴黎，東躲西藏，後來得了重病，回到巴黎醫治，五十歲病逝，也葬在蒙巴納斯公墓。在德國戰敗之前，他的墓碑上一直沒有名字。

莫迪格利亞尼三十六歲去世。他年輕的妻子，當初為了愛情嫁給窮藝術家，遭到家人堅決反對，只好離家出走。丈夫突然去世了，她還懷著身孕，無處安身，回到娘家，深夜裡跳樓自殺了。

二〇一三年，一幅蘇亭的畫在紐約以一千八百萬美金拍賣了。二〇一四年，一幅莫迪格利亞尼的畫在巴黎的拍賣市場，以一千三百萬歐元落槌。二〇一五年，莫迪格利亞尼著名的裸女畫像成交價達到一億七千萬美金。每次聽到這些新的天價紀錄，我都說不出話來，一句話、一個字都說不出來——無語。

我們吃完晚飯，走出穹頂餐館。其實，蒙巴納斯到處都是一百年前藝術家的足跡。

天色已經很晚，我們正要結束尋蹤之路，一抬頭，看見圓亭咖啡館，自然還得進去坐一坐。我想起高科多一九一六年拍的一張照片，就在這個地方，有詩人馬克・亞高布、畫家基斯林、瑪麗・瓦西里耶夫，還有年輕小夥子畢卡索，戴個鴨舌帽，叼著菸斗。他們圍坐在一張圓桌旁，正在討論什麼問題。據說當年的圓亭咖啡館老闆是個熱心人，這裡就像蒙巴納斯藝術家的第二個家。

高行健喝著咖啡，講了一個他自己的故事。半個多世紀前，他還是一個十七歲的少年，在南京金陵中學讀書，學習成績優秀，想當科學家。一天放學後，他仍然坐在教室裡，被當時前蘇聯的一道數學競賽題難倒了，一、兩個小時都做不出來。這時正是江南春暖花開之際，一個柳絮團隨風飄到課桌上，讓他不禁驚喜，想到窗外的世界如此美好，這一生都要握著鉛筆解數學題嗎？想著想著，離開了教室。同學問他：「怎麼了？」他說：「這題做不出來。」同學說：「我們也沒做出來，急什麼？」他說：「不是這個問題，我要走了。」

他去圖書館，翻閱大學招生指南，想知道不做科學家，還能做什麼。無意中看到一本捷克雜誌《國際展望》的中文版，上面刊登了前蘇聯作家愛倫堡的回憶錄的片斷。這一章講的正是上世紀初的蒙巴納斯。一些窮藝術家，白天給人刷油漆掙錢餬口，晚上到咖啡館聚會、演說，高談闊論，海闊天空。一天，咖啡館裡來了個年輕女人，把一個嬰兒放在吧檯上，對老闆娘說自己去去就來，結果一去不回。老闆娘問咖啡館裡的顧客，誰是孩子的父親。沒人答應。最後，她決定收養這個嬰兒，每天向常客多要一些小費，作為孩子的撫養費。這個故事被愛倫堡寫得浪漫美好。

那是一種什麼樣的生活啊！少年被感動了，決定報考外語學院法語系，學習法國文學。而那個咖啡館正是我們此時所在的圓亭咖啡館。

我們在圓亭咖啡館的露天座位上，咖啡快要喝完了。夜晚的天氣漸涼，昔日藝術家們聚會的地方，此刻只有我們兩人。街頭有一個老藝人，拿著薩克斯管走到我們面前吹奏，讓人感覺到蒙巴納斯的藝術遺風猶存。

「作為作家、藝術家，我正是沿著蒙巴納斯藝術家的足跡走向自己的藝術道路，一切都始於巴黎，完成於巴黎。我想這個世界上沒有什麼地方像巴黎這樣，能給人這麼多的自由、靈感和機運，充分實現一個作家、藝術家的夢想。」高行健說。

五十多年前的那個決定，是他踏上蒙巴納斯尋蹤之路的第一步，而圓亭咖啡館，就是他藝術道路的起點。現在，坐在少年時夢想中的圓亭咖啡館裡，眼前不是傳說裡的老闆娘和嬰兒，卻是一個吹奏薩克斯管的老藝人，想說些什麼呢？

「向蒙巴納斯致敬！」高行健笑著說。

作家街

巴黎有許多以作家的名字命名的街道。在日常生活裡，人們只是從這些街上匆忙經過；就算是住在那裡，天天進進出出，對這些街名已經熟視無睹。我通常也是這樣，不會總有聯想，也沒有時間多想；然而，還是有些時候，說到一個地址，街名恰好是一個作家的名字，感覺很特別，和說到香榭麗榭大街肯定不一樣。街名可以喚起對一個作者的記憶，連同他作品中的一些人物也會隱隱浮現在眼前。

許多記憶已經隨時間變得模糊，但是，有些時候，一些早已忘記的往事又會重現在腦海裡，而且十分清晰，簡直就像是剛剛發生在昨天。

三十多年以前，我還在北京上大學。那時文革剛剛結束，陰影還沒有消散。我還記得同宿舍的女生悄悄對我說：「你最愛看什麼書，不要對人說，不然，別人會猜想你是什麼人。」她最愛看英國小說《名利場》，這樣的取向讓她心存恐懼。女同學都喜歡看《飄》，也不敢多講，議論都是正面的，說女主人公到底心眼不壞，在情敵危難（戰亂中生孩子）的時候，出手相助；至於美麗與誘惑、謊言與背叛……天哪，千萬不要說。此時，法國作家羅曼．羅蘭的長篇小說《約翰．克里斯多夫》中譯本再版，大家都搶著看，學校圖書館裡根本借不到。我的一個同學，也是我的好朋友，想盡辦法，終於借到了全套書，一共四冊，但是只有很短的期限。她白天讀完一冊，晚上我接過來讀。學生宿舍晚上十一點熄燈，我就點著蠟燭看，她也在燭光中進入下一冊的閱讀。這樣我們一起看了三冊，到她看完第四冊的時候，正好是週末，她對我說：「你把最後這一冊拿回家看吧，我下星期一還給人家。」這可是天大的奢侈，我當時喜出望外。

有人說《約翰．克里斯多夫》影響過文革前、文革後的兩代中國年輕人。不管說法有多誇張，我自己、我的同學，在學生時代，都曾經沉浸在這部書帶來的興奮心情裡。

後來我來到法國，卻發現法國人已經不講羅曼．羅蘭了。許多人都沒看過《約翰．克里斯多夫》，只是還知道作者的名字而已。社會早已發生了巨大變化，人們的生活與思維方式都不同以前。大家整天忙忙碌碌，新的信息鋪天蓋地，沒人再提起羅曼．羅蘭很正常。等到我逐漸適應了這裡的環境，也差不多忘記了這個名字。

直到有一天，我偶然經過巴黎第十四區的一條普通的大街，沒有什麼特色，也不靠近歷史文化景點，什麼說頭都沒有。我不經意中抬頭看見一塊藍色的街牌，上面寫著——羅曼．羅蘭大街。這個名字一下讓我驚喜，彷彿和一個久別的朋友，在一個意想不到的時間、地點，以一種意想不到的方式，再次相逢。這個我未曾見過面的朋友，其實應該說是我的老師。他書中對生命意義的探索，曾經給青年學生啟迪和鼓舞，像貝多芬的〈英雄交響曲〉一樣，激動人心。

《約翰．克里斯多夫》的法文版共有十冊。現如今沒有人寫這麼長的小說了，也沒有這樣的讀者。據說羅曼．羅蘭從構思到完成這部著作，前後經過了二十年的時間。這部號稱是長河的十冊小說從一九〇四年到一九一二年陸續出版。一九一五年，羅曼．羅蘭以這部書為代表作，獲得諾貝爾文學獎，說來也是實至名歸。

二戰以後，法國很少有人還看羅曼．羅蘭的作品。到如今，不要說法國人，就連中國人都覺得太過時了。我當年讀《約翰．克里斯多夫》的心情，現在想來會覺得有些幼稚可笑。

無論怎樣，我不應該忘記曾經給我內心震撼的人，也許，另一種說法是曾經為人類精神財富做出貢獻的人。我想，用作家的名字作為街名的用意就在於此。緬懷這些已經離開人世的作家，也是現代人對自己心靈的一種撫慰。

巴黎有許多以作家名字命名的街道，比如，離我家很近的莫里哀街，古舊窄小，有郵政局、小餐館、裁縫鋪；街的一頭與黎世留街相交，莫里哀故居就在此處，他最後一次在臺上演出的時候，大聲咳嗽不止，接著吐血倒下，被人經過這條街抬回來，到家後沒多久就去世了。過了一百多年，莫里哀故居對面的房子裡，搬進來一個非同一般的住戶，只在這裡住了兩個月就離開人世。現在牆上還有塊舊石牌，上面的刻字年久模糊，大概是：「狄德羅，哲學家，文學家，百科全書主編，一七八四年七月三十一日逝於此地。」他原來的住處樓層高，晚年身體狀況不佳，爬不了樓梯，受俄國女沙皇卡特琳娜二世的照顧，遷進這棟樓房一層（中國人說二層）的一個舒適的公寓，在這裡度過了他最後的日子。

從莫里哀街繼續往前走，很快就到了盧梭街。這條古樸老街的歷史可以追溯到十三世紀，原名叫作石膏窯街，想必從前這裡有個石膏窯。十八世紀思想家盧梭曾住在這裡，直到一七七八年去世。一七九一年街名改為盧梭街。當年著名的杜班府也在這條街上。杜班夫婦熱愛文學，豪宅裡有個文學沙龍，是巴黎名人的聚會之處，孟德斯鳩、伏爾泰、盧梭都常來。沙龍文學活動在法國始於十七世紀，由貴族名媛在自己家中的客廳裡主持。一些古典油畫再現了當時的盛況。客廳寬敞、華麗、雅致，高朋滿座。有人朗讀文學作品，有人討論哲學問題，還有人演奏音樂。也有小沙龍，看上去很溫馨，只有四、五個人，女士半躺在舒適的沙發上，體現真正意義的小眾文學，如同密友之間的竊竊私語。到了二十世紀初，文學沙龍已經很少見了，巴黎還有兩、三個。隨著新時代的到來，風行了三個世紀的沙龍文化最終徹底結束。

昔日的杜班府如今大門緊閉，底層一扇窗半開，我好奇湊近看看，裡面有人在打掃，很像是一個公家的食堂。街對面是巴黎郵政總局的後門。這個建築很壯觀，十七世紀也曾是一座豪宅，拉封丹生前一直借居在此，也在這裡去世。這條街經過幾百年的歷史變遷，實際上已經變為兩截，中間有一個精美的圓形石建築，十九世紀叫作商業交易所，現在是國家機構的辦公樓。我走到街的另一頭，看見一條老舊的商廊，古色古香，顧客很少，不少人只是過路。這裡曾是十九世紀作家、詩人繆賽出沒之地。他女朋友拉雪爾是法蘭西劇院的一代名優，以主演古典悲劇而聞名。她就住在商廊的樓上。我來到她家樓下，見底層的商鋪正在裝修。商廊的頂棚搭得很低，有華美的天花板畫。我看不到樓上的窗口，一轉身意外發現一個寂靜的角落，古舊的木樓梯盤旋而上，顯然通往拉雪爾的家。一百多年過去，一切都像是從未改變。

那個時代的女演員即使在藝術上登峰造極，生活中也常常處於尷尬的境地。拉雪爾曾經愛上一位瀟灑英俊的王子，熱切期盼一次幽會。對方讓人傳話，向她提出了三個極其簡短的問題：「何時？何地？多少錢？」這個段子飽含心酸，最好還是不講。我獨自逛商廊，走進骨董店、香水店、服飾店，沒看到什麼要買的東西，就去咖啡館喝一杯咖啡，只當是與繆賽、拉雪爾共飲。

巴黎其他街區，也有許多作家名字的街名，比如，大仲馬街、都德街、卡繆街、巴爾札克街、雨果街、伏爾泰街、左拉街、拉馬丁街、喬治桑街……

不是只有法國作家，外國作家也不少，有海明威街、易卜生街、歌德街、但丁街、托瑪斯．曼街、貝克特街、拜倫街、狄更斯街、愛德加．坡街……

另外，音樂家、畫家、戲劇家名字的街名同樣有不少。有一位科學家，和作家有關係。一百多年前，他以科學發明創造了財富。後世實現了他的一個構想，獎勵在全世界不同領域做出卓越貢獻的人，也包括文學領域。那條街叫作諾貝爾街。

一些街在車水馬龍的鬧市區，也有安靜的小街。卡繆街就十分幽靜，樹木成蔭，還有幾條長椅，可以坐下，休息、和朋友聊天，或者一個人沉思冥想。莫里哀街頭有莫里哀噴泉和莫里哀青銅雕像，是喧囂的都市裡一個肅靜的角落。但丁街靠近索邦大學。他一三〇一年來到巴黎，不過並不是住在這條街上，而是旁邊的一條小街。

有一次，朋友家有晚餐聚會，在大仲馬街上的一座小樓裡。我和高行健一起走近這家的門口。天色已暗，街上人影幢幢。「不是三劍客吧？」我問高行健。他沒有回答。我知道這個問題沒有什麼意義，但是，恍惚間，感覺像是回到了大仲馬的時代，只差和基督山伯爵擦肩而過。

看作家名字的街牌，會碰上我不知道的作家，比如，中世紀詩人龍沙，還需查一下人名詞典。有時候，不妨回家看看書，補一補課。

還有一些街名上的作家不僅我不知道，很多法國人也未必知道。有時候會看到一塊街牌上有小字註明此人是「作家」，還有他出生、去世的年代。若不是這些街牌，這些作家或許已經被人遺忘了，他們的名字只在塵封的資料裡。

一個法國朋友告訴我，法國人並沒有忘記羅曼．羅蘭，不僅在巴黎市內，就是郊區和外省的小城裡，也有羅曼．羅蘭街。

還記得羅曼．羅蘭的書中有這樣一句話：「真理，就是尋找真理。」其實這句話的意思是真理不知在何處。另一句也言簡意賅：「英雄，就是做自己能做的事。」這樣看來英雄也和平常人一樣，不是超人。而我學生時代並沒有這樣理解。奇怪的是，這裡面的內涵很接近高行健所說「冷的文學」。高行健在《沒有主義》一書中，有篇文章題為〈個人的聲音〉，結尾講到：「個人註定不可能達到終極真理，或稱之為上帝，或稱之為彼岸，個人的認知所達到的這種認知，我稱為理性，也不是主義。」

羅曼．羅蘭還說過：「我沒有關心政治，政治總是關心我。」這也和高行健說的話也差不多。而羅曼．羅蘭不是很「熱」的文學嗎？當年讓那麼多年輕人熱血沸騰。大概熱中還是有冷，以前我太年輕，沒有看出來。

我從羅曼．羅蘭大街聯想到了巴黎許多有作家名字的街牌。像這樣以作家的名字命名一條街，在別的國家似乎不多見。我離開中國以前還沒看到過。或許是文化差異，但是也可以看出，作家、藝術家在法國社會生活中的重要地位和深遠影響。平時人們談論到一些已故的名人，主要還是作家、藝術家。

在法國的其他城市同樣有許多以作家的名字命名的街道。這些人在世的時候，大都無權無勢，有的甚至窮困潦倒。而他們的名字卻一直被後人銘記在心中。

不久以前，我經過巴黎第十二區的一個週末跳蚤市場。地攤在大街旁，堆滿舊貨，雜亂不堪。我在街頭又看見一個作家的街名，十分醒目，和莫里哀故居對面樓房的那塊石牌上的名字一樣，是十八世紀啟蒙運動思想家狄德羅。

狄德羅學識淵博，才華橫溢，愛好廣泛，還是一個自由率性的人，涉足的領域不僅是哲學，也有小說、戲劇、文學藝術理論，對科學也極有興趣，曾經用了二十年的時間主編了百科全書。他年輕時候做過翻譯，和高行健有點像。不過，狄德羅生前並沒有得到同時代人的充分認可。他去世幾年後，法國發生了大革命。他的墓地原本在巴黎聖洛克教堂，在大革命後的動盪歲月裡，被人毀墓拋屍。這到底是怎麼回事？我總也沒有明白。同期的啟蒙運動思想家伏爾泰和盧梭後來都莊嚴隆重葬在先賢祠。狄德羅卻不知在何處。

到了十九世紀下半期，也就是狄德羅去世一個世紀以後，人們才充分肯定他在法國思想史上的重要地位。一個世紀對於個人太長了，可是對於歷史卻很短暫。狄德羅對後世的影響深遠，從今天的法國人身上還能看到他的影子。

法國不少城市都有狄德羅街。巴黎的這條狄德羅大街很寬很長，兩旁有很多十九世紀的奧斯曼式樓房。

這個街名的確是一個極好的紀念，也像一聲深深的嘆息。

追憶——似水年華

我剛剛來巴黎的時候是上世紀八十年代末，算是從物質比較貧乏的地方來到一個富有的國度；那時候看到的東西，只要是嶄新的、光鮮的、包裝精美的，就十分喜愛。我認識的中國留學生也都這樣。到了週末，他們還專程去巴黎西邊新建的商業區，在摩天大樓林立的地方，拍照片，寄回家去。而市內的房子老舊，樓高不過六層，引不起他們的拍攝興趣。

我對老房子倒是情有獨鍾，但是對法國人為什麼那麼喜歡逛跳蚤市場，不太明白。這不是花錢撿破爛嗎？那些市場，一眼望去亂七八糟，各個小攤上的舊貨種類繁雜，鍋碗瓢盆、擺設、家具，服飾，什麼都有。這些東西都是別人用過的，有的已經用壞了，包括帶綠鏽的銅器、東倒西歪的家具，簡直慘不忍睹。

若干年以後，我記不清從哪一天起，也記不清因為什麼事情，總之，愛上了這些「破爛」，而且越陷越深，到了幾乎不可自拔的地步。這種一百八十度的轉變，肯定不是一天完成的，而是經過長年的潛移默化。也許是路過跳蚤市場的次數多了，看到那些顧客，饒有興味的樣子，不知不覺受到感染；也許是電視節目裡看過淘寶者津津有味的講述，漸漸也動了心。我仔細一想，好像都不是。如果非要說出一個緣故，還是在法國住久了。

其實，小到跳蚤市場的舊貨，大到城市建築，還有博物館，太多的東西可以看到文化的底蘊、歷史的積澱。街心古老的噴泉上有小天使雕像，年久風化，更加耐人尋味。老街大都有幾百年的歷史。樓房的門窗上常見石雕怪面人臉（據說可以驅邪避災），飽經了歲月的滄桑，依舊不聲不響，注視過往行人。古建築上的人像石柱更是令人讚嘆，一般立在大門兩側，有如詩如歌的少女，也有男人像，線條剛勁，都像在無聲講述一些過去的故事。

最初來到跳蚤市場，我看到過一對廉價的舊玻璃花瓶，樸實無華，上面鑲有錫飾，一個是玫瑰，一個是麥穗，象徵愛情與麵包，是二十世紀初的平民百姓對幸福的祈望。

有個比巴掌大一些的精巧浮雕，左下角刻著一八三〇年，畫面裡是伊甸園裡的亞當和夏娃。這一對裸體的少男少女，沉浸在甜蜜的愛情中。而他們身後的樹叢裡，毒蛇已經出動。

還有一面舊鏡子，貼了金箔的舊木框裡，鏡面略顯斑駁，照著我的臉，像一幅舊時的人像畫；可以想像一百多年前，女人對鏡梳妝的樣子。

一次，看見了一個舊熱水瓶，我驚訝到說不出話來，如同時光倒轉，有眩暈的感覺。這個熱水瓶和我學生時代在中國用過的一模一樣，是那個年代生活必需用品，曾經伴隨我許多年。

還有一樣東西，也讓我想起自己的故事。我買了一幅十九世紀的版畫，浪漫主義風格。畫中的兩位少女，在臥室的一張床上，一個躺著，另一個坐著，正說著悄悄話。我給這幅版畫取名〈閨蜜〉。曾幾何時，我和畫上的少女一樣，對愛情與未來，既有期待，又茫然不知所措，唯一可以訴說的人，就是閨密。大家彼此安慰，分享友情的溫暖。這些惺惺相惜的閨密，如今在哪裡？天各一方恐怕就是唯一的回答。當年的少女，青春年華早已逝去；愛情的煩惱，現在想要也沒有了。這幅發黃的舊版畫即是紀念，也是慰藉。

再想那一百多年前的兩位閨密，孫子、孫女大概都已經不在人世了。流年似水，人能做的大抵只是一任自然。

普魯斯特的長篇小說《追憶似水年華》，以細緻入微的筆觸，綿延不絕的文字，描寫逝去的歲月。我剛來巴黎時，曾經把逛跳蚤市場說成是「花錢撿破爛」，後來漸漸明白了，所謂「撿破爛」，就是和普魯斯特一樣追憶似水年華，通過對一樣東西的感覺，回憶逝去的時光，浮想聯翩，都是一些沒有情節的故事，如同讀他的意識流小說。在追憶的過程中，不知不覺走出了自己生活的時代，優遊在另一個時空裡，似夢非夢，現實的壓力和煩惱全然感覺不到了。

我沒想到，「撿破爛」還會上癮。我見過一個山民用的水壺，很舊，而且磕碰過，不堪入目。不管多爛的東西，賣主都會吹噓，是好東西。反正，嫌舊的人不會來。對於來的人，舊的就好。對於賣主而言，舊就是賣點。我買過舊時的銅熨斗、銅鈴、銅鎚……那一陣，就像著了魔一樣，眼睛專盯著舊貨攤，甚至去趕早市，還是大冬天，天剛濛濛亮。

事情已經發展到「撿破爛」成癖的地步。終於有一天，我感覺太累了，而且，再這樣繼續下去，不僅人被物累，還會讓家變成廢物堆。看來我必須痛下決心，對自己說：「打住！」於是，這個嗜好被我戒掉了。

不知道又過了多久，一次我從畫室回家，路過一條街，看見很多人來來往往，還有一些白色的帳篷，就知道又有跳蚤市場；本來沒想走進去，只在一邊看看，見一個上了年紀的婦人，守著一個攤子，東西不多，其中有一對鑄鐵物件，像人頭那麼大，很特別，從正面看是少女的臉，長髮，頭戴花朵。

「這是什麼？」我問。

「你不知道吧，你還年輕。」她這樣恭維我，然後說：「這是一九〇〇年代的典型裝飾，從前掛在大門外的兩側，裡面是空的，可以盛土，養花。也可以掛在家裡呀。」

那不是和普魯斯特同時代嗎？他那部七冊的長篇巨著《追憶似水年華》開始寫於一九〇八年，那時流行女子頭上戴花，小說的第二卷不是叫作《簪花少女的影子》嗎？我再看這兩個少女，眼簾低垂，臉上滿是塵土，還帶點鐵繡，卻依然美貌如花。

我對自己說：「這是最後一次花錢『撿破爛』了。」就此買下這對沉重的鑄鐵壁飾。

老婦人用泡沫紙把東西仔細包好，叮囑我，要是鐵鏽多了，就用天然亞麻油擦擦，千萬別用化學藥水。

我竟然抱得美人歸。這一對普魯斯特時代的少女頭像，從此掛在我家牆上，塵滿面、鬢簪花，時常伴我，追憶似水年華。

奧爾良花園舊事

有一次，一個朋友告訴我，離我家不遠的巴黎第九區，是十九世紀法國文人、藝術家居住的地方。「喬治桑和蕭邦也曾經住在那裡。」他說。

這天本想出門散步，我就按照他說的方向，朝北一直走，不到一刻鐘，來到兩扇古老的雕花大門前。

大門緊閉，上方的石雕橫匾上刻著幾個大字——奧爾良花園。我正想著：會是一個什麼樣的花園呀？這時大門忽然開了，恰好有人走出來。機不可失，我趕緊加快腳步，邁進門檻。

原來是一座很講究的深宅大院，門洞的天花板上有石雕花紋，院落由若干小樓組合而成，十分幽靜，走到深處，才見到主樓，仿古希臘風格，石柱高大。主樓前的綠茵地上，還有一個噴泉。十九世紀文人、藝術家的居住環境這麼好，真令人驚訝。

牆上有塊牌子，介紹房子的歷史。這座大院建於十八世紀末，那時法國大革命尚未結束，已經有人迫不及待開發房地產。到了十九世紀，暴發戶開始炒作，大院幾經轉賣，房主人都是有錢的投資者。而這個地方，漸漸成為文人、藝術家喜愛的住所。一些房客大名鼎鼎，蕭邦住過九號館（一八四二年到一八四九年），喬治桑住過五號館（一八四二年到一八四七年），大仲馬也在這裡住過。這裡曾經是一個名人聚集的地方，還住過一些十九世紀的音樂家、雕塑家、名演員。

喬治桑愛情故事不少，而且轟轟烈烈，但是結果並非都像她小說裡寫的那麼美好。其中最為著名的戀情有兩次，一次是和法國作家、詩人繆賽，另一次就是和音樂天才蕭邦。

她比蕭邦大六歲，是兩個孩子的單親媽媽。他們兩人並沒有一見鍾情，而且，初次見面，彼此的印象都不太好。喬治桑說蕭邦：「怎麼像個女生。」蕭邦則說喬治桑：「怎麼像個大媽。」他們相識兩、三年之後，才墜入愛河，一度很幸福；為了取悅蕭邦，喬治桑還重新穿上長裙，之前，她是個男裝麗人。

蕭邦很自我中心，身體也不好，有嚴重的肺病，常常不開心。喬治桑在鄉下有古堡，出門旅行會帶上三個「孩子」，兒子、女兒和蕭邦，因而有了「桑媽媽」的綽號。他們時常離開古堡，外出旅行，或是住在巴黎；每到一處，會租兩套相鄰的房子，所以，在奧爾良花園，也是各自有獨立的住所。這段愛情維持了七年之久。

喬治桑在小說裡，塑造過一位女主人公，在重病的戀人臨死之前，和他結了婚；另外還有一位男主人公，愛上了他美麗善良的繼母。這些情節，讓人想到她對蕭邦的感情，有自我犧牲和母愛的成分，也有女性的一廂情願。

後來，相處的時間久了，兩人的個性上開始發生衝突。蕭邦和喬治桑兒子不和。喬治桑的女兒漸漸出落成一個漂亮姑娘，蕭邦夾在母女之間，關係更是複雜，家庭爭執不斷。種種難題，重重矛盾，讓浪漫主義作家和音樂家的愛情最終走到了盡頭，結局一塌糊塗，一點都不浪漫。

七年之後，蕭邦再也忍受不了這段戀情，終於和喬治桑分手。後來，他的境況很不好，肺病越來越嚴重。朋友的家成了他最後的棲身之地，不久，就病入膏肓，去世時只有三十九歲，身無分文。葬禮在巴黎的瑪德蘭大教堂舉行，來了許多當時文學藝術界的名人，喬治桑卻沒有出現。按照蕭邦的遺囑，儀式上演奏了莫札特的安魂曲。

藝術家面對現實世界，有時會無能為力。命運對蕭邦很不公平，而蕭邦的音樂，卻給這個世界留下了一個美好的紀念。

一百多年以後，奧爾良花園裡的古宅依舊，噴泉依舊，陽光也依舊。那些曾經住在這裡的人卻永遠不在了。

我想看看是不是人去樓空，發現各家的門上都掛著牌子，從名字上看，像是公家機構，還有一些可能是公司，哪裡還是從前的私宅？正值暑假期間，沒什麼人上班，難怪這麼寂靜。

走出奧爾良花園，厚重的橡木大門在我身後「咣」一聲關上。喬治桑的田園詩情已經成為遙遠的過去。

外面的街道車水馬龍，路旁有超市、蔬果店、骨董店、咖啡館、餐館、房地產仲介公司。我一直朝前走，不遠處有一家老顏料店，名為唐吉老爹顏料店，當年印象派畫家畢沙羅、莫內、雷諾瓦、梵谷、塞尚的顏料都是在這裡買的。店主唐吉老爹確有其人，有梵谷的畫作〈唐吉老爹〉為證。據說他還幫這些畫家賣畫，自己也買過一些畫。現在這家小店已經改為畫廊，買些複製版畫、招貼畫和明信片，多為印象派。我在裡面轉了一圈，感覺好冷清，除了我，沒別人進來。大門旁邊掛了塊牌子「唐吉老爹協會」，大概是一些執著的人，在守護對印象派的記憶。

我走到了印象派畫家竇加出生的聖喬治街，因為時代變遷，門牌號經過更改，很難確定是哪棟樓。不過，有一點可以肯定，他這一輩子住過的幾處房子都離這兒不遠，是一個地地道道的巴黎第九區人。附近有夜店和老舊的私人劇場，讓人想起竇加畫中跳芭蕾舞的女孩，舞姿優美，卻沒有笑容。她們大都出身貧苦人家，小小年紀就從師學藝，又登臺表演。畫面亮麗的色彩裡總有一抹淡淡的憂傷，是青春的苦澀，而不是喬治桑式的浪漫情調。前兩年，我在巴黎歌劇院看過一個芭蕾舞劇，題為《竇加的小舞者》，講的就是竇加畫的跳芭蕾舞的女孩的故事，再現了當時年輕女藝人的艱辛生活。後來，這個女孩非但沒有成名，還在夜店裡被人當成小偷抓了起來，從監獄裡放出來以後，只能以洗衣為生。戲的最後一幕是洗衣舞。一群穿白色衣裙的女子翩翩起舞，一條條白色的被單在空中飄動。舞臺設計簡潔漂亮，舞姿還是那麼優美。

竇加的小舞者的境況和喬治桑相比，顯然有天壤之別。誰能都像喬治桑一樣，有家產，無生計之憂，又有才情，也有版稅。她大約一年出版兩本書，產量非常大，一生寫過七十多本小說，五十幾本文論、戲劇、短篇小說集，可以說是最早的職業女作家。

喬治桑和蕭邦分手後，又重新開始找尋愛情。她的生活方式在現今法國人看來已經很平常，我見到的文藝青年大多如此。在他們的上一輩人裡，這樣的例子也很多。話又說回到十九世紀，社會還是以男性為主導，女子能做的事情不過是相夫教子。而這位女作家、公眾人物，我行我素、自由不羈，實在是很超前。

我還是走在巴黎第九區，繼續前行，就要接近紅磨坊了，可以看到大紅風車在遠處不停轉動，時光已經到了十九世紀末。

十九世紀和二十世紀交接之際，巴黎第九區的房地產已經炒得很貴，不少藝術家向紅磨坊以北的平民地帶遷移，聚集到蒙馬特高地，開始了藝術史的另一個階段。

皇家花園漫步

老皇宮的背後，是皇家花園。這個長方形的園子雖不算大，也有兩千多平方米。兩旁是高大的椴樹，每一側有四排，中間是個噴泉。噴泉前後各有一個草坪，也是花圃。園子的整體設計是對稱的幾何圖形，噴泉的水花噴向天空，與樹木、花草、雕塑、建築，渾然一體。

既然是皇家花園，當然是標準的法式園林，樹木全部被人工修剪過。我第一次看見工人剪樹，吃了一驚。他下手非常狠，毫不留情，站在升降車上，開動機器，嗡嗡作響，剪下的樹枝堆了一地。一排高大的椴樹，很快就變成了一道筆直的綠色高牆。工人剪完大樹剪小樹，像理髮師一樣，所有的樹木一概不放過，統統剃了頭。我在一旁很擔心，想著：「這些可憐的樹啊，不會被剪死吧？」

看來不會，下次再去的時候，樹木依舊青翠。

我住在附近，沒事常去那裡走走，漸漸愛上了法式花園，工整、幽雅、開闊，一園景觀，一覽無餘，而且，還有雕塑點綴，美不勝收。

這裡的兩座石雕都是十九世紀的傑作，露天裡一無遮擋，一百多年來風吹雨打，早已風化殘損，讓人看了痛心。一個題為「玩蛇的少年」，少年天真的笑容裡帶一絲詭異的神情，玩在手中的蛇早已不見了，手也殘缺不全。另一個叫作「牧羊人與山羊」，不僅手臂殘斷，人臉也已經模糊不清。然而，兩座雕像維妙維肖的神態仍然依稀可見。

我問過法國朋友：「這麼好的雕塑，幹嘛不放到博物館去？」他們說：「博物館的東西太多了。」說的不錯，博物館裡的東西之多，我從來就沒看完過，這輩子都看不完。這些露天的雕塑，不是正好可以讓人一邊散步一邊欣賞嗎？不過，還是感覺很奢侈。

花園正面的主樓就是老皇宮，在法國只有這座宮殿的名字直接叫作皇宮。另外還有兩座宮殿也曾經住過國王，卻叫作羅浮宮和凡爾賽宮。而拿破崙稱帝，所在宮殿是古老的國王行宮，仍舊叫作楓丹白露宮，另外羅浮宮對面，原有一座宮殿，也曾經是皇宮，叫作杜樂麗宮，已經被大火燒毀了。

現在皇宮上插著國旗，是國家機構，文化部也在這裡。每年文化遺產日都開放參觀，但是人很多，要排長隊。我最怕排隊，受不了那種等待的煎熬，還不如在外面散步。

這座宮殿建於一六二九年，原本是宰相、紅衣大主教黎世留給自己建造的主教宮，也是宰相府。豪華之極，不亞於皇宮。他去世後，按照遺囑，主教宮獻給國王路易十四。有一段時間，國王從羅浮宮搬到這裡住，所以，這裡就變成了皇宮。後來，路易十四住進了新建的凡爾賽宮，就把這座宮殿贈送給弟弟飛利浦．奧爾良。

奧爾良一家十分顯赫，老皇宮仍舊繼續往日的輝煌。

一個世紀快要過去了，重孫子飛利浦．奧爾良四世不知什麼原因，負債累累，瀕臨破產。他想了一招，開發房地產。拿什麼開發呢？就拿國王送給他家祖上的這座皇宮。皇宮主樓的後面，不是還有一個兩千多平方米的花園嗎？圍繞著花園，有三面附屬房屋，可以重新利用。

他請來建築師，設計這三面建築的擴建工程，算上地下室一共七層。底層是石拱走廊，廊子裡是一家家店鋪，店鋪上邊有一個低矮樓層，可供商人辦公或住家。二層住貴族，頂樓住僕人，其他樓層住什麼人沒有說法。

接著，幾十家店鋪開張，有時裝店、假髮店、書店、畫廊、咖啡館，熱鬧非凡。形形色色的人都來光顧，人群裡也混進了賭徒、妓女、小偷，都到這裡來尋找機會。

如今，石廊裡依舊是商鋪，賣時裝、骨董、藝術品，也還有咖啡館、餐館，只是少了假髮店。男人戴假髮、撲粉原是十八世紀的風尚。這裡沒有大街上的喧囂，逛商店的人也不多。

有時侯，古老的長廊空無一人。我走過一家家店鋪的門口，看那些舊門號、舊招牌，聽自己的腳步聲。腳下的舊石板凹凸不平，馬賽克拼成的花紋也已經模糊不清，此刻，時光似乎又回到了從前。

兩百多年前這裡可沒這麼清靜，那時不僅有石柱廊，園子裡還有許多木屋和木柱廊。常住的妓女就有六百到八百。另外一些綽號「燕子」，意思是會飛，住在別處，晚上來招客，白天就不見了。要問她們晚上幹什麼去了，用行話回答是：「到皇宮裡去了。」誰聽了都明白。在這裡幹這一行的女子，人數之多，無法想像，傳說總共有兩千。哪裡還是什麼皇宮？被人說成是尋歡作樂的「聖地」，一點都不為過。還秩序井然，按檔次不同，各就各位，有的站木廊，有的站石廊，最高一等的坐露天咖啡館。那裡同時還坐著不少名人，巴爾札克來過，哲學家狄德羅也常來，沉思冥想，高談闊論，什麼都不妨礙。而飛利浦．奧爾良四世，時常會站在老皇宮的主樓上，觀看自家園子裡，那不同尋常的風景。

幾年後，飛利浦．奧爾良四世積極參與了法國大革命，包括煽動暴亂。一時間，皇家花園的氣氛不同往常，有激昂的演講，號召人們拿起武器。接著，巴士底獄被攻破。不久，國王、王后都被抓起來了。

飛利浦．奧爾良四世宣布放棄貴族頭銜，改姓愛卡利戴，法文的意思是「平等」，從此他的名字變成「飛利浦．平等」，與民平等，也與國王平等。他以這個響亮的名字，當選為國會議員，還在處決他的國王堂兄這個議案上，投了贊同票。然而，許多人看出來了，他不想當貴族，原來是想當國王。國王都廢了，他身為國王的堂弟，自然有資格上位。隨後，國王被送上了斷頭臺，而這一年，所有王室成員都被捕了，「飛利浦．平等」

也不例外。他最後的結局是被革命法庭判處死刑。

幾年以後，法國漸入拿破崙的時代，不過，他在位只有十五年。他的帝國同樣也倒臺了。

再說大革命期間，「飛利浦．平等」的兒子，走上了逃亡之路，多年在國外遊歷，到過北歐，也去了英國、美國，最後回到法國。這個出生在老皇宮的皇侄，並沒有他父親的野心，卻在他父親被處死三十多年後，被歷史推上了王位，成為法國一個復辟王朝的國王路易－飛利浦一世。他上臺僅十七年，又出現了新的事變，迫使他黯然退場，一年以後，在英國去世。

愛爾蘭作家貝克特說過：「人類是一口井，兩個水桶，一個放下去打水，另一個盛滿了水，提上來倒掉。」等倒空的那個桶再放下去，盛滿的這一桶再提上來倒掉，周而復始。

路易－飛利浦一世在位期間，曾經下令，在皇家花園和附屬建築裡，禁娼、禁賭。

昔日裡人們戲稱的尋歡作樂的「聖地」，從此不復存在。

以後的年代，皇家花園裡的木屋木廊都被拆除。園子安靜下來，樹木參天，花草茂盛，還可以看到雕塑作品，賞心悅目。

我到廊下的咖啡館，喝一杯咖啡，自然有許多遐想。兩百多年來，同樣的石拱廊下，同樣的咖啡，王公貴族喝過，資產階級喝過，哲人思想家喝過，平民百姓喝過，煙花女子也喝過。

歷史是什麼？

高行健曾經在小說《靈山》中寫到：「歷史是謎語，歷史是謊言，歷史是廢話，歷史是預言，歷史是酸果，歷史錚錚如鐵，歷史是麵團，歷史是裹屍布，歷史是發汗藥，歷史是鬼打牆……歷史什麼都不是，歷史是感嘆。

歷史啊歷史啊歷史啊歷史。」

說的一點不錯，這一杯咖啡喝出來的滋味就是——歷史啊歷史啊歷史啊歷史。

這座花園，經歷了歷史的滄桑，榮耀與權勢，浮華與放蕩，沉思與反叛，幻想與瘋狂，動盪與災難，生生死死，人世間，還有什麼沒見過？

最讓我驚嘆的是，多少時代變遷之後，這裡還是一座美麗而靜謐的花園。

喝完咖啡，走出咖啡館，進入花園，見幾隻鴿子，在空中飛來飛去，這時我已經不再感嘆了，只想好好享受，這平靜美好的時光。

夜晚就要來臨，剛才還在玩耍的孩子不見了，餵鴿子的老人不見了，主婦們也都回家做飯。淡淡的斜陽裡，噴泉的水聲嘩嘩響，噴出幾米高的水柱，水池邊的椅子大都空著，只剩下我和另外兩、三個悠閒的人，坐看水花飛舞。

墓園隨想

拉雪滋神父公墓，作為巴黎一景，一直吸引外國遊客。我剛剛來到巴黎的時候，非常好奇，很想去看看，一直沒有去成，漸漸忘了這件事，而時光飛快流逝，二十多年已經過去了。

我最早知道這個地方，還是在中國上小學的時候，聽老師講過巴黎有個拉雪滋公墓，還有一道巴黎公社牆，公社社員最後犧牲在那裡。我特別記得他說的是拉雪滋公墓，而不是拉雪滋神父公墓。那是文革時期，神父二字不能說。

童年已經非常遙遠了，很多記憶斷斷續續，模糊不清；我不喜歡回憶，不像普魯斯特，也沒有他那麼美好的童年。現在我只想過好每一天，享受簡單、自然的快樂；閒暇的時候，不妨到巴黎各處逛逛，尋找一些有趣的事物。

這就又想起了拉雪滋神父公墓，那裡雖沒有我的親友，卻有我心儀已久的作家、藝術家，去看一看，也算是了卻一樁心事。

走出地鐵站，就到了拉雪滋神父公墓的大門口，我沒想到這地方那麼大，高高的圍牆望不到盡頭。門口有個女孩，擺小攤賣紀念品。我買了一張墓園地圖，打開一看，差點驚呆了。我原本想找莫里哀，結果不僅找到了莫里哀，連拉封丹都找到了；再看羅西尼，緊挨著就是繆塞、維斯孔蒂、高萊特；巴爾札克離德拉克洛瓦、阿波利奈爾、普魯斯特也不遠。還有太多的人，有我想到過的、沒想到過的，作家、詩人、畫家、雕塑家、作曲家、名演員、名歌手，當然還會有許多我不知道的。原來他們都在這兒啊！我還真沒白來一趟，暗自笑了，很想說一聲：「大家好！」

正是盛夏季節，烈日炎炎，我進了大門選擇樹蔭地走，踏上一條幽靜的林間小道，身邊有一群外國遊客，嘰哩呱啦講英語。小道兩旁樹木蒼翠，還有不少人體雕塑，表情和身姿似訴哀傷。這個地方在十八世紀之初，拿破崙的時代，由當時著名建築師亞歷山大・彭涅設計，風格很像一個優美的園林。最終，他自己也在這裡安息。

我跟著遊客一起，東瞧西看，如逛公園一般。過了一會兒，走在前面的幾個人先站住不動。不遠處有一尊綠色青銅頭像，神態凝重，我認出來了，是巴爾札克。

我第一次知道巴爾札克這個名字是在文革剛剛結束的時候，很多禁書開始再版。我大概十四歲，對西方文化和生活方式幾乎一無所知，讀了他的小說《歐也妮．葛朗台》，居然很著迷，而且很感動。

高行健在《論創作》一書裡，有一篇文章是〈作家的位置〉，文中有這樣一段話：「作家把他的審美經驗移植到作品之中，後世的讀者在閱讀這些作品的時候喚起共鳴，同時還會以自身的經驗加以補充，引起聯想和思考。於是，一個孤獨的個人留下的作品居然能傳之於世，既超越國界，超越民族文化，也超越語種，這就是作家的不朽的功績。」

巴爾札克就是這樣的作家。後來我才知道《歐也妮．葛朗台》是巴爾札克統稱為《人間喜劇》的九十幾部書之一。書中展現的大千世界如同一個巨大的舞臺，登場的人物形形色色，有人說有四千，還有一說是六千，到底有多少，我不清楚。什麼是文豪？這就是文豪。

文豪的墓地很簡單，青銅頭像下的石碑上刻著他的全名──奧諾海．德．巴爾札克。

就這幾個字，碑石老舊，下邊一截長滿綠色的苔蘚。

他去世時五十一歲，差不多一生都在負債。我去過他的故居，位於巴黎第十六區，現在是富人區，從前只是個小村子。為了躲債，巴爾札克隱姓埋名住在這裡。他的家具都散失了，想必沒什麼值錢的東西，只保存了一張很小的書桌。另外，還有一把咖啡壺，倒是十分珍貴，也不知是從哪裡得來。我久久凝視這個小瓷壺，白底描紅邊，有一個加熱的底座，看上去很普通，應該是十九世紀常見之物。

故居的房子很小，還有個後門，據說一旦債主來追債，他就從這裡溜出去。等人走後，他再回來寫作，喝咖啡，夜以繼日。長篇小說《高老頭》僅僅四十天就完成了。

深夜是他最好的工作時間。他通常一直寫到早上八點鐘，然後吃早餐，稍歇一下，一個多小時以後又開始寫作，直到下午三、四點鐘，差不多每天工作十八小時。日夜創作讓他變成了一個嗜咖啡如命的人，一天可以喝上三十杯，還有人說是五十杯。我以前也很愛喝咖啡，只是一天兩杯而已，偶爾喝過四杯，已經受不了，心跳加快，胃也不舒服。至於一天喝三十到五十杯是什麼感覺，簡直沒法想像。有人說，巴爾札克長期過度飲用咖啡，最後被咖啡因奪去了生命。這種說法不知是否正確，不過，他的確是一個寫作不要命的人。

一八五〇年，是巴爾札克人生的最後一年，好日子總算來臨，他和安斯卡女士喜結良緣。他們已經相識十八年。安斯卡女士是一位俄國貴族，也是他忠實的讀者和崇拜者。然而，長年的辛苦寫作，已經摧垮了巴爾札克的身體，致使健康每況愈下。他患有心臟病，而且全身水腫（傳說他在昏迷的時候，還呼喚《人間喜劇》裡一個醫生的名字），新婚才五個月就去世了。

我並不悲哀，巴爾札克也不需要一個讀者的悲哀。他這一生，想做的、該做的，都已經做完了。他曾經夢想做一個文學拿破崙，其實，已經做到了。

我在巴爾札克墓前，回頭一看，剛才那些外國遊客都不見了，只留下我一個人，四周寂靜，可以聽到樹葉落下的輕微聲響。

接著，我又繼續朝前走，因為怕烈日曝曬，只管找陰涼的地方，這會兒已經迷路，不能確定自己在地圖上的位置，只好就這樣漫無目的走下去，忽然，見幾個人，站在一個地方不動，想必又是名人所在。我上前一看，是普魯斯特。

這個石碑還要簡單，而且是家族共同的墓碑，就是一塊大理石，沒有雕像，也無任何裝飾；一側刻著：「馬塞爾．普魯斯特（生於）一八七一——（逝於）一九二二」，很不顯眼，側面刻有他父母的名字。

到了普魯斯特的時代，小說告別了十九世紀，進入二十世紀，不再像巴爾札克那樣以傳統方式寫故事情節，而是打破時空順序的自由敘述。普魯斯特是意識流小說的鼻祖，二十世紀最偉大的法國作家之一。

他在書中說過：「想到過去的一幕，就是一種遺憾。」而時光流逝，無法阻擋。我懷念當年坐在大學的教室裡的青春時光，聽一位女老師講法國文學，說到普魯斯特的小說《追憶似水年華》。當時還沒有中文版，她從法文書上摘選了片段，說的是瑪德蘭點心，普魯斯特吃到嘴裡，很多感受油然而生，書裡這樣記錄：

「我覺得人生一世，榮辱得失，都可以看得平淡如水，挫折劫難，也都不算什麼；人生短暫，如同幻影。」吃著吃著，「一種舒坦的感覺遍布全身」，這時候他忽然「好像熱戀一般，精神興奮而充實；這種感覺不是來自外界，而是來自內心，我不再感到自己平庸、猥瑣、凡俗。」

這吃的是點心嗎？

我也不想「平庸、猥瑣、凡俗」，而瑪德蘭點心，當時對我來說，太神祕，也太神奇了。

後來我來到法國，等待我的卻是很多現實的問題。那個階段，我整天忙忙碌碌，哪裡有時間和心情來關注文學。有一次喝茶，吃瑪德蘭點心（就是一般的小蛋糕，形似貝殼），這就又想起了普魯斯特，於是我去書店買了他的《追憶似水年華》的第一冊《在斯萬家那邊》，並且，找到了當年中國老師講的有關瑪德蘭點心的那一段，一時有很多感慨，也算是追憶似水年華吧。

我在巴黎的卡爾納瓦萊博物館裡，看到了普魯斯特的房間陳設，小銅床、東方風格的屏風、寫字檯、小櫃櫥、銀燭臺、茶几、沙發，父親的畫像。一切都很簡單。他始終獨身生活，在父母去世後搬過三次家，家變小了，家當越來越少，已經不是書中描寫的似水年華裡的富貴閒人、紈褲子弟的生活環境了。當年姨媽給他的生日禮物是價值一萬法郎的骨董花瓶，被他拿到骨董店裡換了錢，用來給女孩子買花。

他自幼患有哮喘病，身體虛弱，成年以後，不能出門工作，靠家產生活，整天在家寫書，寫出來的小說被稱為「長河小說」——像大河那樣長。一部《追憶似水年華》原文有八冊，譯成中文共七冊（又是一個文豪），敘述漫無邊際，沒完沒了。實在沒法讀完，又有誰讀完過？

寫這部書用了他十幾年的時間。那時他住在巴黎奧斯曼大街的一棟樓裡。繁華的地段車水馬龍，十分嘈雜。他讓人在牆上貼了軟木，認為可以減少噪音。這座房子現在已經是一家銀行的辦公樓，前些年他的公寓還可以供人參觀，可惜我沒有去，現在已經關閉了。

在最後的歲月裡，普魯斯特已經從奧斯曼大街的房子裡搬出來，租了別處的簡單公寓，每天只吃兩只羊角麵包，喝兩杯咖啡加牛奶。對於他這樣病弱的人，已經足夠了。更多的東西，他不需要，也消受不了。最後，他得了氣管炎，沒有及時醫治，加之寫作勞累，和巴爾札克一樣，也是五十一歲病逝。小說裡有關瑪德蘭點心的那段敘述，其實是他幼年的人生願望——超凡脫俗。他的作品就是這樣，他也是這樣一個人。

然而，對於他，人生的價值不在將來，也不在現在，而是在已經過去的時光裡。我卻不同，將來聽其自然，過去的就讓它過去，剩下的只有現在。

此時，我在烈日下已經走累了，探望了兩位作家，也很知足。還有那麼多作家、藝術家，不一定要一個個拜訪。不過，什麼時候想來，還可以再來。如果冬天下雪時來，會不會有另一番思緒？

走出墓園大門的時候，忽然想到一句古詩詞：「二十餘年如一夢，此身雖在堪驚。」而我這一夢醒來，驚見三十年、四十年過去了，不僅此身猶在，而且還在文學的世界裡。

大門外邊有一個花店，花架擺在露天，盆栽的鮮花盛開，絢麗奪目。花束的種類也很多，有玫瑰、鬱金香、百合，還有很多我叫不出名的美麗花朵。我這才想起，來之前，或許應該買花。不過我看望的這兩位作家，根本不會在意。

消失的宮殿

杜樂麗花園是我常去的地方，在羅浮宮對面，原先是座皇家園林，一邊是繁華的日佛利大街，另一邊是塞納河。花園的中間有一條寬闊的通道，兩邊是樹木、花草、噴泉，以及許多精彩的古典雕塑作品，走到盡頭就是協和廣場。

天氣好的時候，藍天白雲之下，在杜樂麗花園裡散步，很是愜意。噴泉的水池邊，常常坐滿了人。

這裡有兩個美術館。一個是網球場美術館。館名聽上去有些怪。十九世紀這裡還是個室內球場，據說是用手掌心打球，也有用球拍的，不知怎麼打法。這種古老的運動，一千年前就有了，後來發展成了今天的網球。另一個美術館叫作橙園美術館，常年展出莫內的大幅系列作品，也有其他十九世紀末、二十世紀初的繪畫名作。參觀的人多，有時要排長隊。

園內還有四個露天咖啡館，其中兩個依傍水塘，水中豎立優美的石雕像。坐在這裡喝咖啡，是極為快樂的事情。來到巴黎以後，我已經無數次進出杜樂麗花園，而這兩年，得些閒暇，瀏覽有關巴黎的資料，才知道此地居然有過一座宮殿，就叫作杜樂麗宮。

我有一條散步的路線，先從家走到羅浮宮，然後進入杜樂麗花園，再穿過杜樂麗花園，走向協和廣場，前面就是香榭麗榭大街，放眼望去，可以看到凱旋門。

這一路步行到協和廣場，只需十幾分鐘。有時興致所至，我會繼續向前，沿香榭麗榭大街一直走到凱旋門，這就還得半個小時，感覺比較累。然而，這是巴黎的中軸線，歷史走過這條路，用了八百多年。

羅浮宮始建於十二世紀末，最早是一座古堡，歷朝歷代不斷改建，逐漸變成今天這個樣子。對面的杜樂麗花園，原來是一個瓦廠。杜樂麗的法文意思就是造瓦場。到了中世紀，王后卡特琳娜·德·美迪西買下了這片地，為自己建造了一座寢宮，外加一個園林，竟然造瓦的原名不改，就叫杜樂麗宮和杜樂麗花園。

我帶著一張舊時的杜樂麗宮版畫，來到羅浮宮前的廣場上。陽光下，現代的玻璃金字塔，在廣場中心閃閃發光。離開廣場，穿過小巧的卡盧塞爾凱旋門，也叫小凱旋門，前方就是杜樂麗花園的鐵柵欄門。這時我腳下這片地，平坦、空曠，遊人來來往往，小販兜售旅遊紀念品。我對照版畫，左看右看，覺得這裡很像是從前杜樂麗宮所在地。

畫上的杜樂麗宮中央正殿上有一個半球形穹頂，整體與羅浮宮正面對應，又與羅浮宮兩側的建築銜接。據說杜樂麗宮主樓的螺旋式樓梯，臺階完全懸空，設計大膽，被譽為法國建築設計史上最美的傑作。後世的君主也都在這裡住過。法國大革命之後，復辟王朝仍以這裡為皇宮，直到第二帝國，法國的最後一位君主拿破崙三世。

而今，這塊空地上，許多遊人穿梭往來。如果仔細觀察，會感覺有些空落落的，似乎缺少了什麼東西，是什麼呢？很難想像的是一座輝煌的宮殿，一百多年前，被一場大火燒毀了。

那是一八七二年的五月，櫻桃時節。我很小的時候，老師講過巴黎公社的故事，就是發生在這個時節。時隔已經太久，我幾乎全忘記了，只記得最後的公社社員都被槍殺在拉雪滋神父公墓。我上大學讀法文系，聽到過同學唱法國歌〈櫻桃時節〉。曲子很美，催人淚下。其實，歌曲寫在巴黎公社之前，是一首淒婉的情歌，歌詞唱到「愛的櫻桃似血滴落」，「在這時節，一個傷口留在我心中……我永遠愛著櫻桃時節；一個記憶留在我心中。」

在巴黎公社的五月流血週之後，〈櫻桃時節〉被人傳唱。歌詞作者也是公社社員，後來把這首歌獻給一名救護受傷社員的女護士。

還是那年五月的櫻桃時節，杜樂麗宮已經被公社占據，在這裡聯歡，還舉辦音樂會，好生熱鬧。領頭的曾經說過：「如果有一天，我必須離開這裡，就讓這座宮殿化為灰燼。」說著說著這一天就來到了，凡爾賽軍隊兵臨城下，形勢對公社非常緊迫。一個春風和煦的晚上，三十幾個公社社員在杜樂麗宮裡，放置大量的炸藥，還潑灑了一桶桶燃料。帶頭點火的是個肉鋪的夥計。熊熊火焰立刻在杜樂麗宮燃燒起來，接著，鐘樓坍塌了，大殿爆炸了，穹頂上火光沖天。而社員們在杜樂麗宮前，一面觀火，一面享用預訂好的冷餐。

這些天裡，公社對巴黎其他幾個歷史建築也進行了破壞行動，主要是放火，還推倒了旺多姆廣場上的紀念柱。

杜樂麗宮的大火連燒了三天，能燒的都燒掉了，連青銅都被燒化，剩下燒不掉的是石頭，燒黑了的石建築的主體還在，卻已經慘不忍睹。

隨後的一個星期裡，巴黎發生了幾場激烈的巷戰，最後一戰結束在拉雪滋神父公墓。

我抄錄到當時幾個著名的法國作家對公社的一些看法，多半沒說什麼好話。

福樓拜在致喬治桑的信中寫到：「人民是永遠的未成年人，我恨民主。」喬治桑回覆福樓拜：「這個公社是一次嘔吐的發作，一個縱情的瘋狂。」都德的話，意思有點像說烏合之眾，還問：「工人為什麼要參與政治？」左拉則說：「巴黎人民流了許多血，大概必須這樣做，才能平息自己的狂熱；你們會看到他們成長起來，有聰明才智。」雨果是好人好心腸，說：「在我看來，這些人裡沒有一個是我個人的敵人；就算是我個人的敵人，如果來敲我的門，我還是會開門，讓他進我家……」

之後的幾年裡，有不少人主張重建杜樂麗宮，但不知為什麼，議會最後還是決定拆除廢墟，就這樣一了百了。拆下來的大石頭，全是建築的好材料，都被人買去蓋房子。

鐘塔、石雕，還有其他裝飾，也都賣掉了。「費加羅」報社買到一些大理石，切割成鎮紙贈送訂戶。這裡就真的夷為平地了！簡直難以置信。

卡魯塞爾凱旋門後面的草地上，有幾件馬佑勒的青銅雕塑作品，裸女豐滿結實。我在這裡徘徊，發現地上立著一小塊石牌，不太顯眼，上面刻有杜樂麗宮簡圖，還清清楚楚標出「您所在的位置」就是當年宮殿大門口。我轉身向圖示的宮殿方向邁出一步，腳下不再是綠茵，而是一片光禿禿的土地。周圍旅遊的青年學生，成群結夥，說說笑笑，或許並不知道，此刻他們和我一樣，已經踏入法國最後一個皇宮所在地。

上世紀七十年代，羅浮宮購回了當年杜樂麗宮正門上的石雕，殘損非常嚴重。四個站立的人像都有命名。名為「勸慰」的聖賢居然變成了一尊無頭像。題為「真誠」和「宗教」的是兩位美麗女子。她們都缺手，臉上也有損傷。最後一位象徵「公正」，就只剩下頭。從前坐在大門上方的一對女神像也都手臂殘斷。如今，這些雕像擺放在羅浮宮旁邊的卡魯塞爾地下商場的一角，算是對過去的紀念。

宏偉的宮殿早已蕩然無存。不過，大火沒有燒到羅浮宮，還是萬幸。

我穿過那片空地，走進杜樂麗花園。此時已經是冬季，而陽光和煦，草地碧綠，讓人感到溫馨舒暢。雖然看不到花朵，樹葉也掉光了，但是欣賞冬景，別有一番情致。三百多年前，一位名叫勒諾特的皇家園藝師重新設計了這座園林，中央通道正好在巴黎的中軸線上，整體既對稱又自然，既開闊又幽雅。從那時起，這裡就已經是一座開放的公園。勒諾特設計的幾個著名的園林一直保留至今，也包括凡爾賽宮花園，都是法國最美的花園。

快要過新年了，很多人來這裡遊玩。大人孩子個個歡歡喜喜，氣氛十分熱鬧。

園裡靠近塞納河的古老建築，早先是為橙園而建，保護橙樹，免受嚴冬的風雪摧殘。二十世紀初這裡變成了橙園美術館，收藏了莫內、塞尚、馬蒂斯、雷諾瓦、高更、畢卡索等等，許多印象派、後印象和二十世紀初大師的作品。與橙園美術館對稱的另一個建築，就是從前的網球場，也是在二十世紀初經過改建，成為美術館，現在經常舉辦當代攝影展。

陽光、美景、古典雕塑、兩個美術館，讓杜樂麗花園美不勝收，令人流連忘返。

聖心之下

夏天的傍晚，我出門散步，向北走上一條上坡路，遠遠看見，黃昏中街道的盡頭，夕陽金色的餘暉裡，高高聳立一座白色的大教堂，好神祕，又很美，似夢似真，令人神往。

我當然知道那不是夢，而是巴黎的聖心大教堂，步行即可到達。

朝那個方向走，看似很近的教堂，真要到跟前，還需一些時間。這一路，地勢越來越高，我也感覺越來越累；走著走著，夢境漸漸被現實取代，街巷變得嘈雜，人群亂哄哄。我趕快拿好手提包，謹防小偷。前不久，友人米雪爾在這附近一家劇場門口，點燃一支香菸的瞬間，手提包被人偷了。

老街舊巷錯綜複雜，遊人很多，熱鬧非凡。一條又長又陡的石階是去教堂的必經之路。我登上一級級臺階，氣喘吁吁，頭冒大汗，就這樣爬上了巴黎地勢最高的地方——蒙馬特高地。

蒙馬特原文的意思，一說是殉難者，還有一說是古希臘神話中的戰神馬爾斯之山。原先是丘陵，有個村子，到了十九世紀下半期才成為巴黎的一部分。

我還記得，很久以前，蒙馬特是我的一個夢。那時我還在中國，偶然從一篇介紹梵谷的文章裡讀到這個地名，位於巴黎北部的第十八區，曾經聚集了十九世紀末、二十世紀初的藝術家，有印象派的雷諾瓦、畢沙羅、杜魯斯－羅泰克、梵谷……後來，還有畢卡索，我那時對他們瞭解很少，卻十分崇拜。

剛到巴黎不久，我興沖沖奔向心中的藝術聖地，默念那些藝術家的名字，追尋他們的足跡，那種心情多少有點像朝聖；結果，來到蒙馬特高地的小廣場，看到的只是一個旅遊景點。來來往往大都是外國遊客。不少畫家借此招攬生意，擺個小攤，賣點廉價的應景小畫，再就是為過路的人畫像。

後來，在一個朋友家的聚會上，鄰座的法國女孩和我聊天，問我：「什麼是巴黎讓你失望的事？」我一時語塞，無言以對。

那麼難回答嗎？我大腦裡重現了初到巴黎所見的蒙馬特高地小廣場。不過我並不想說出來，旁人不一定能理解，我自己也會覺得掃興。

我也沒有說，有時候，我眼中的巴黎很淒涼，地上有菸頭紙屑，流浪漢睡在街邊，地鐵的廣播在一遍遍講「當心扒手」。我在回家路上被搶劫過兩次。我那時還住在郊區，四周比較空曠。後來，即使在市中心，搶包之類的事件也時有發生。

二十多年過後的一個傍晚，我出門散步，又一次登上蒙馬特高地。當年梵谷來到高地的時候，聖心教堂還沒有建成，周圍很荒涼。他有一組畫就畫的是這裡，有柳樹、磨房、山坡、採石場、簡陋的小房子。他和弟弟迪奧一起，在蒙馬特高地腳下租了一個公寓。住在這裡短短的兩年裡，梵谷結識了一些畫家，並且開始尋找自己的風格。

另一位印象派畫家杜魯斯－羅泰克在這裡住的時間更長，外號「蒙馬特之魂」。他的一些作品生動描繪蒙馬特的紅磨坊和其他夜酒吧的舞女，留下了那個時代的生活畫面。

他們兩人都英年早逝。

附近有一個小小的蒙馬特博物館，樸素無華，館藏不多，保存了一些對當年藝術家的記憶。此時已經是閉館時間，改日還可以再來參觀。

現在，蒙馬特仍然有不少畫家工作室。這裡不是豪華地段，石街小巷卻別有情趣。一個世紀過去了，這一帶的房子變得很貴，早已不適合大多數藝術家。

我經過高地上一家餐館的露天座位，服務生和我打招呼，還主動幫我拍照留念，用英語說：「歡迎來我們餐館。」

我對他說謝謝，離開之前，遲疑了一下，忽然對四周有似曾相識的感覺。這裡我來過嗎？很快就想起來了，這個露天餐座就在蒙馬特高地的小廣場上。二十幾年前，我在這個地方見到許多畫旅遊風景和人像畫的畫家。如今他們都無影無蹤。一排排餐桌旁，人們正在享用晚餐，邊吃邊聊。服務生上菜倒酒，飯菜飄香。

我想到高行健的詩〈佳句偶拾〉裡，有這樣的詩句：

斯人已逝
何來足跡？

我並沒有像當年第一次來到蒙馬特那樣失望。人活著都要吃飯，巴黎人也不例外。蒙馬特已經載入藝術史冊，精神的財富永存，至於這個地方現今是賣旅遊紀念品，還是開飯館，都無關緊要，再說，一百多年前，這裡本是山坡、磨房、採石場……哪有今天的熱鬧景象？

或平靜

或滿盈

概不上心

此乃大幸。

這還是高行健那首詩裡的句子。我又想起他的繪畫作品，標題有〈內在與外在〉，以及〈裡裡外外〉，提示了對內在和外在的一種反思。這個世界變化多端，卻總有一些東西可以深入人心，永久不變。蒙馬特這個名字正是包含了這樣的外在和內在。

我繼續向蒙馬特的最高處走，到了聖心教堂的腳下，仰望宏偉的建築，由衷讚嘆：好一座聖殿！主塔巍峨，帶有頂尖燈塔，下邊有小塔圍繞，形成多重穹頂，美輪美奐。

大教堂建於十九世紀末期。普法戰爭讓法國大敗，第三共和國議會通過一項決議，代表民眾的心願，在巴黎北部的蒙馬特丘陵頂端，修建一座教堂，紀念戰爭死難者，用拉丁文牢牢刻上：「虔誠、懺悔、感恩的法蘭西，致耶穌神聖的心。」

建造工程用了大約四十年時間。鐘樓裡的主鐘，由外省的四個教區捐獻給聖心教堂，也是全法國最大的，直徑三米。鐘鳴之時，聲音宏大，不難想像。迎接大鐘那天，巴黎人簡直就像過節一樣。教堂建成之後，第一次世界大戰已經結束了，這一次，法國成為戰勝國。

深藍色的夜空下，聖心教堂顯得潔白如洗，莊嚴而神聖，讓人驚嘆不已。

等我回過頭來，又有另一番景象，我這是在戰神馬爾斯山頂上，整個巴黎的景觀盡收眼底。夏日的晚上，巴黎的天色並不很暗，還可以看到遠方起伏的雲層。朦朧的夜色裡，一座美麗的城市如夢如畫。我已經走了很久，夢中的蒙馬特高地變成了現實世界，再看我來時走過的路，卻又如同回到夢中。

教堂前的山坡上，坐滿了人。他們大都是外國的青年學生，和我當年一樣，來這裡尋夢。有幾個人彈吉他，大聲唱歌，其他人拍手叫好。開始我以為他們都是一夥，可後來聽到他們說不同語言，才知道他們只是相逢在蒙馬特高地的旅友，面對巴黎，享受青春浪漫時刻，瀟灑盡興。在這個歡樂的海洋裡，我也找個地方坐下，分享眾樂。

情趣所至而興致盎然
方才領會
何為自由
人間世事
頓時清澄

這幾行詩摘自高行健的〈夢的啟示〉。不過，這幾句說的並不是夢，而是真實的人生。

心之所在

巴黎是一個盆地，面積不太大，約一百平方公里。從市中心不管去哪個方向，只有半個小時的車程。步行也可以去很多地方，一路欣賞景致，走累了，停下來，在路邊找一家咖啡館，喝一杯咖啡，是極好的享受。

「心之所在」是巴黎一條古老的小街的名字，藍色街牌上有一行小字注釋：「『心之所在』就是一個廚師。」原來這個美麗浪漫的街名，是幾百年前住在這裡的一位廚師名字的法文諧音。我喜歡這種詼諧，這才是巴黎人，說俏皮話出其不意，而且合情合理，讓人會心一笑。不是嗎？心再美麗浪漫，人首先還是要吃飯。誰不喜歡美食？所以，心之所在就是廚師之所在。

這條名為「心之所在」的小街位於塞納河畔，離家不遠，步行只需十多分鐘，我喜歡在這裡欣賞風景，無論朝那個方向看，都像在明信片裡。

十八世紀英國詩人彭斯，寫下一首詩歌題為〈我的心呀在高原〉：「我的心呀在高原，這兒沒有我的心。我的心呀在高原，追趕著鹿群……」寫出了對家鄉的懷念，蘇格蘭的高原，是他的心之所在。

我問過高行健：「你的心在何處？」

「這不就在巴黎嗎？」他說得好簡單。

「人在巴黎不一定心就在巴黎。」我想起蕭邦，當年三十九歲病逝巴黎，安葬在拉雪茲神父公墓。按照他的遺願，心要帶回華沙。這顆心的歸程經歷了多年的周折，最後終於安放在華沙聖十字教堂。「蕭邦是身在巴黎，心在華沙。他在巴黎是不是沒有找到心的處所？」

「不知道，我就在巴黎。」

「你不是說是個世界公民嗎？」

「我是一個住在巴黎的世界公民。」

然而，禪宗講心無所住，有所住都是虛妄。心有所住就會被意念羈絆，整天心事重重，得不到解脫，不能自由自在。甚至心，這個字本身，恐怕也是一種虛妄，因為有這心，就有了煩惱，比如，嫉妒心、矯妄心、貪婪心、虛榮心……人這一輩子，如何能活得自在？且不要說得大自在！

法國人拿心開玩笑，這真叫作開心，正如塞納河畔的這個街名一樣。既然，心之所在無非是一位曾經住在這裡的廚師名字的法文諧音，那麼，心之所在豈不就是廚師之所在，再延伸一步，也可以說，一個人心沒著落的時候，不妨找個好飯館，大吃一餐。

藝術家不是佛家，再超凡脫俗，也不能離開藝術。藝術再偉大，也不能離開生活；無法迴避人間的喜怒哀樂，衣食住行，七情六欲，還有生與死，善與惡，愛與恨，高尚與卑鄙，寬宏與狹隘，等等。然而，藝術家的心之處所到底在哪裡呢？

「不能籠統說藝術家。」高行健說。

「那就具體說，你，藝術家高行健。」

「審美，在審美中。」他說得還是很簡單。

「怎麼就是審美呢？」

「審美，對一般知識分子而言，是一個美學的判斷，對我來說，是一個藝術家一生的最高價值評判，也是藝術家生命的歸屬。」

我似乎懂了，實際上，不論是蕭邦那樣，讓後人把他的心放在華沙的教堂裡，或者像彭斯一樣，把心放在蘇格蘭的高原，還是像高行健說的，心就在巴黎，其實，都是一樣，藝術家的心在他們的作品裡。

高行健說的審美，是找尋美之所在的過程。這樣看來，也可以說美之所在就是心之所在。

不過，禪宗說，無所住，而生其心。這是東方人的智慧，教人不要老想心事，忘掉心之所在，而著眼於要做的事情，知道自己該做什麼，心地自然踏實了。

心之所在也是一個人的心境，需要不斷找尋，如同修行。

心平氣和，精神舒暢，才能享受藝術，才能享受人生。而輕鬆愉快的人，不論在哪裡，是工作、學習，還是休閒、娛樂，是掃地、做飯，還是喝茶、聊天，隨時隨地都可以找到心的處所。這就是踏破鐵蹄無覓處，得來全不費功夫。

我回家伏案寫下這段文字，隔窗聽到小街對面餐館裡，廚師燒菜，鐵勺碰鐵鍋的嚓嚓響，聲音居然能傳這麼遠。晚餐的時間已經到了，我們約了朋友一起去餐館吃飯。

我又想起塞納河畔的「心之所在」街，街名的下邊寫著——「『心之所在』就是一個廚師。」

前衛劇場的記憶

巴黎夏日的晚上，九點多鐘天還大亮。這時在塞納河畔散步，最是愜意。我們從河右岸過橋，到了左岸，再沿著河岸向前走，一面享受晚風的清涼，一面欣賞河上晚景。在落日的餘暉中，河水波光閃閃，天空的雲層富於變幻。高行健不時取景拍照。河畔的露天餐館裡坐滿了人，岸邊上還有些青年男女自帶酒菜，席地而坐，說說笑笑，吃吃喝喝，悠閒自在，好一片太平景象。

我們走了半個多小時，穿過亞歷山大三世橋，從左岸又回到右岸，眼前是大皇宮、小皇宮，再往前走是一片綠地。我這才感覺有些累，正想找個地方坐下休息，忽然看見一座精巧的圓形石建築，聽見高行健說：「到圓心劇院了。」

我有幾年沒來過圓心劇院了，最後一次來看戲，戲名已經記不清了，是一個東歐劇團的演出，臺上、臺下互動熱烈。我坐在前排，扮演布娃娃的女孩還從臺上跑下來親了我一下。

不過，圓心劇院給我記憶最深的還不是這個戲，而是高行健的劇作《生死界》，二十多年前，確切說是一九九四年，在這裡演出。那是他的戲首次在巴黎上演，也是他第一次用法文寫劇本。當時法國文化部向高行健約訂一個劇本。高行健想到，既然是面對法國觀眾，不如就用法文寫。開始他寫得非常艱難，每個句子都要反覆琢磨，有時為了一小段對話，一直寫到凌晨四點。當時的文化部專員讓．皮埃爾．伍爾茨先生積極推動了這個計畫。高行健交稿之後，時任圓心劇院院長的卡茲納達爾先生促成了劇本在該劇院演出。

圓心劇場這座建築建於十九世紀，曾是一八五五年法國首次舉辦世博會的一個場館。二十世紀初，變成了冰宮，也就是一個溜冰場，供大人孩子玩耍；到了一九八一年，才改建為劇場。瑪德蘭．何諾和讓．路易．巴侯夫婦的劇團遷到此處，劇院的名字也叫何諾-巴侯劇院。他們兩人原先都是法蘭西劇院的名演員，後來離開劇院，自創劇團，辛苦經營，走過漫長坎坷之路。他們的劇團在法國有很大影響，兩人的名子也載入了二十世紀法國戲劇史冊。讓．路易．巴侯是公認的法國二十世紀偉大的戲劇演員，一生演戲無數，早期還演過幾十部電影，最著名的片子是上世紀四十年代的《天堂的孩子》。他演技精湛，出神入化。我初到法國時，看過他主演的另一部老電影《魔幻交響曲》，講述法國音樂家柏遼茲的生平故事，許多情節我至今難忘。

讓．路易．巴侯一九九四年去世，享年八十四歲。幾個月後，瑪德蘭．何諾也去世了。那一年，她已經九十四歲。她在戲劇舞臺和電影銀幕上也塑造過很多形象。她九十歲時還做過一個電視錄影，演出貝克特的荒誕戲《哦，美好的日子》。劇中的人物是一個被土埋了半截的女人，最後土埋到了脖子。瑪德蘭．何諾面容消瘦，精神矍鑠，表演依舊活潑生動，維妙維肖。

上世紀八十、九十年代，圓心劇院是巴黎重要的前衛實驗劇院，有一大一小兩個劇場。所謂大劇場也不過七百六十個座位，正好適合前衛實驗戲劇，上演貝克特、杜拉斯、薩霍特等當代劇作家的戲劇。九十年代初，為探索實驗戲劇，米雪爾．可可索夫斯基女士在這裡創辦了一個實驗戲劇學會。

米雪爾．可可索夫斯基曾經是法國文化界的一個活躍人物，被大家親切稱作可可。她是高行健的老朋友。中國戲劇家協會八十年代初曾經邀請她訪華。主辦單位找到北京人民藝術劇院的編劇高行健做法文翻譯。閒談之時，高行健向她講到劇院正在排演他的劇本《絕對信號》。那時高行健和導演林兆華已經開始了中國最早的前衛戲劇實驗。《絕對信號》以全新的戲劇形式，在北京大獲成功，一連演了一百場。

再說米雪爾那時已經開始籌辦實驗戲劇學會，設想一個龐大計畫，邀請世界各國的戲劇家。她回到法國後就向高行健發出邀請，但是高行健沒有得到上級機構的批准，不能出國。他和林兆華合作的第二個戲《車站》，同《絕對信號》一樣，和政治一點不沾邊，卻惹來了大麻煩。那時前衛劇場被認為是離經叛道，戲不能演了，劇院承受很大壓力，等待高行健的不知是何命運。他乾脆離開北京，登上去大西南的火車，進入原始林區，浪跡長江流域，也就開始了日後的長篇小說《靈山》的創作旅程。

八十年代末，高行健和米雪爾還是在巴黎重逢了。米雪爾的實驗戲劇學會那時非常活躍。她先後把波蘭導演克羅多夫斯基和康道爾介紹到法國，為巴黎的前衛戲劇舞臺增色不少。那個時期，社會對於戲劇有很大熱情，政府大力支持，戲劇人備受矚目。如今，這個實驗戲劇學會已經不存在了。前衛戲劇的黃金時代也已經過去。圓心劇院留下了許多戲劇人的美好記憶。

一九九四年，我第一次走進這個劇院，看高行健的戲《生死界》。文化部專員讓・皮埃爾・伍爾茨熱心引薦了導演阿蘭・迪馬，由他的劇團在圓心劇場製作這齣戲。首演獲得了很大成功，其他幾場演出也都滿座。散戲之後，我跟著高行健去後臺，大家興奮不已，女演員激動得落淚。

接下來劇院圍繞這齣戲的演出組織了研討會，由戲劇專家喬治・巴尼教授主持。我印象較深的是他為戲劇人說話，抱怨待遇太低，和修水管的工人差不多。二十多年過去了，我眼見身邊做戲劇的年輕朋友愈加艱難，只怕比上一代人的境況還差。可貴的是，巴黎總有許多熱愛藝術的人，初衷難改。

高行健在會上簡述了自己的戲劇觀，講到「中性演員」，演員保持扮演者的身分，詮釋角色，即「我演角色」，而不是「我就是角色」。這給演員的表演更大的自由和空間，與俄國戲劇家斯坦尼斯拉夫斯基的戲劇觀截然不同。早在一九八八年，高行健剛到巴黎，沙尤國家劇院為他舉辦了一場戲劇討論會。他在會上闡述了這個觀點。當時在座的前蘇聯戲劇專家見一個中國人竟然提出與俄國大師的戲劇體系相反的主張，大為震驚，會場上幾乎爭吵起來。現在回想起來，已經成為一則逸聞。之後，高行健出版的論文集《對一種現代戲劇的追求》，對這個問題進一步論述。

《生死界》在圓心劇院演出之後，高行健獲得了法國文化部頒發的文學藝術騎士勳章。第二年，巴黎的詩人之家（又叫莫里哀小劇場）的古建築修復，以高行健劇作《對話與反詰》作為開幕式的活動。劇院邀請法國著名演員米歇爾·龍斯達朗誦劇本。十多年過後，我們在瑪德蘭教堂的一個音樂朗誦會上又聽到米歇爾·龍斯達的聲音。他已經八十歲了，站在臺上，白髮飄飄，目光炯炯，依舊充滿了魅力。

高行健自己曾經又多次導演了這兩個戲。先是在義大利的一個戲劇節，他選擇一個廢置的教堂，在裡面演出《生死界》。教區的主教還看了戲，居然也連連稱讚。然後，他又在紐約和雪梨也導演了這齣戲。《對話與反詰》先是在維也納，繼而在法國波爾多和巴黎上演。他這種前衛戲劇，不講故事也無情節，卻一再受到西方觀眾的熱烈歡迎。

後來，高行健又寫了《夜遊神》、《周末四重奏》、《夜間行歌》三個法文劇本。《夜遊神》獲得法語共同體一九九四年圖書獎。如今，他的戲在法國和世界各地不斷上演，不僅在美國和許多歐洲國家，還有臺灣、香港、日本、韓國、新加坡、澳大利亞，以及南美洲的一些國家和非洲的剛果和貝寧。有的劇本被美國的大學選為戲劇教材。他的中文劇本的創作也沒有停止，除了《對話與反詰》、《逃亡》，還寫了《山海經傳》和《八月雪》。

美國著名戲劇家羅伯特．威爾森是高行健的好朋友。上世紀七十年代，羅伯特．威爾森以一部前衛戲劇《聾子的目光》，轟動法國南特藝術節，一舉成名。他執導的戲，別開生面，有震撼力，曾經風靡法國，但是如今法國的劇場已經無力承擔他高昂的製作費用。這幾年在法國都沒看到他的戲。他非常喜歡高行健的劇本《八月雪》，很想導演這部戲，而計畫龐大，總難實現。

戲劇人大都經歷過轟轟烈烈的風光時候──劇場裡雷鳴般的掌聲，以及鮮花、盛讚。而他們每個人都有自己的藝術之路，也早已習慣踽踽獨行。

在巴黎的一個攝影棚裡，羅伯特．威爾森做了高行健的一個肖像視頻；把臉塗成白色，讓高行健自己寫一句話，用燈光打到臉上。

高行健寫的是——「孤獨是自由的必要條件。」

月亮的西邊　太陽的東邊

高行健曾經擔任法蘭西劇院劇目評委。有一次，評委會議論，還有什麼劇院沒演過的戲劇大師經典劇作？高行健提出易卜生的《皮爾·金特》。大家都說是的，這個戲劇院還真沒演過。高行健說完，沒再想這件事，兩三年之後，收到劇院一份請帖，就是《皮爾·金特》的首演。

那時法蘭西劇院的老劇場正在大修，戲移到大皇宮裡的臨時劇場上演，導演是劇院新任的女院長米麗耶勒·馬耶特。她非常熱情，在劇場門口，迎接來賓。許多人並不知道，她是法蘭西劇院成立三百多年來的首位女院長。

臨時劇場的設計別出心裁，舞臺像一條長長的甬道，穿過大廳中央；觀眾席在舞臺的兩側。二十多年前，我剛剛來法國，去劇場看戲，不習慣長篇大套的獨白，常常打瞌睡，但是後來漸漸專注起來，會看得入神。

人生就是一次漫長的旅程，在青年皮爾．金特的夢想中，月亮的西邊、太陽的東邊，有一個童話般的城堡，遙遠的燈火如星星閃爍。那裡的人準備好美酒，等待他的到來。他要不顧一切走過去。母親疑惑了，問他：「這路走得對嗎？」「這是一條寬闊的大路。」他回答。母親說很累，走不動了。而皮爾．金特堅信城堡就在前方。「堅持一下，就會到了。」他說。然而，筋疲力盡的母親去世了。皮爾．金特囑託農家的女人幫他安葬母親，然後繼續他的旅程。

「路很遠嗎？」女人問。

「一直到大海那邊。」

「這麼遠呀！」

「比這還要更遠。」皮爾．金特說。

戲演到這裡，我止不住流下眼淚。

到了下半場，皮爾．金特經歷了人世的滄桑之後，踏上回鄉之路，歸途又歷盡險阻，最後終於抵達故鄉。他已經步入老年，過去的一切早已完結。老家近在眼前，卻讓他感覺十分遙遠。年輕時代的女友出現在老家的門口，幾乎失明，拄著一根棍子。此時，皮爾・金特的青春記憶如夢如煙。老去的女友恍若皮爾・金特的母親，唱出一首搖籃曲，撫慰他憂傷的心。

舞臺燈光暗淡下來，一場戲演完了。掌聲，謝幕，一次、再一次、又一次。然後，觀眾慢慢散去。我走到門口，回頭再看舞臺，空無一人，只剩下一些零亂的道具，感覺一片淒涼。

易卜生關心女性生存處境。他的劇作對女性角色的處理細膩、微妙。我覺得很多時候，他是在為女性說話。

第一次接觸到易卜生的戲劇，我還是個初中的學生。說來話長，那是文革後期，精神和物質都極度貧乏，日子很難打發。雖然小孩子也有窮作樂的時候，像玩橡皮筋、跳房子之類的遊戲，但是大部分時光很不快樂；脖子上掛著家門鑰匙，去食堂買飯吃，自己洗衣服，排大隊買定量供應的食品。一次，我在閣樓的舊書筐裡找到一本文革前的小說《青春之歌》，覺得好新鮮，告訴一個小同學。她說：「你怎麼看流氓書？」我嚇了一跳，之前並不知道是禁書。不是革命青年的故事嗎？裡面有一些愛情的描寫，那時候被認為是下流的。小孩子看「流氓書」，罪過大了，好在她並沒有告發我。

後來，我又在舊書筐裡發現了一些別的禁書，知道再也不能說出去，只能偷偷看。有一本書就是中文版的易卜生戲劇選，很多地方我還看不明白，但是非常好奇，感覺非常好。其中一篇是〈社會支柱〉，裡面有一個可愛的女孩，名叫蒂娜，是領事家的養女，實際上是私生女。她的一段臺詞我一直都記得：

「要是我能遠走高飛，要是這世界上還有我一條路……」

一位中學男老師，是唯一能聽蒂娜傾訴的人。蒂娜對他說：「你教給了我美好的東西。」

「美好的東西？我教給妳了美好的東西嗎？」男老師問。

蒂娜回答：「其實，不是你教給我，而是在你講話的時候，我眼前的一切都變得美好了。」

而我，當時讀到這裡，眼前的一切也都變得美好了。我說不出來是什麼，也許是壓抑的青春期裡的女孩，對未來的一種嚮往。

四十年過後，我早已定居巴黎，一次逛書店，看到法文版的易卜生戲劇集，心裡一動，趕緊買了。回到家就先讀〈人民公敵〉，裡面並沒有我記憶中的蒂娜和她說的那些話。我先以為自己記錯了，然後才讀到〈社會支柱〉，立刻看到了蒂娜的名字，那幾句臺詞也全都找到了。這一次，是用法文版，把集子裡的這些劇本統統看懂了。

易卜生的其他劇作的風格和題材與《皮爾．金特》很不一樣。他的作品觸及現實生活，為當時的挪威社會所不容，以致他流亡海外二十七年。要是從前，我會覺得這時間漫長無邊，可是現在不這麼想了。我來到法國這二十幾年，一晃就過去了，快得來不及感嘆，就是再有十年、二十年，也會很快過去。我已經習慣了這裡的生活，一切變得熟悉而親切，沒有國外的感覺。

研究易卜生的學者總要從他作品裡尋找易卜生的影子，分析皮爾．金特是不是他，有沒有像他的成分，或者，恰是他的反面。其實，也可以說，易卜生把自己的眼光投射到一個名叫皮爾．金特的人身上，寫下了一部現代史詩。

這部作品寫於他剛剛開始流亡生活的時候。不過，如果說易卜生和皮爾．金特有什麼相同之處，就是在遠行二十七年之後，他也和老年的皮爾．金特一樣，回到了故鄉。當年出走的原因，用他自己的話說，是「不想讓蠢鵝踩著」；而回歸之時，已經功成名就，青春的記憶會不會也像皮爾．金特一樣，如夢如煙，留下一片淒涼，誰能知道？

我想起高行健的一首題為〈夢中〉的詩：

夢中回到童年
故鄉是一座空城
你佇立街心
陽光燦爛
清寂無人
一頂頂草帽
扣住一個個木樁
一動不動

令你悚然
不禁想起兒時夥伴
門口石階長滿苔蘚
親人可不早已作古
你四顧茫然
不如拍張照片
好歹留個紀念
轉身去取相機
竟已出了夢境

其實，無論是誰都不可能回到過去。皮爾·金特浪跡天涯之後，渴望故鄉的家裡一間溫暖的臥室（「也不必太熱。」他說。），可以休息，還要來去自由。而他回到故里，得到的只是蒼涼之感。老去的青春時代的女友，顫顫巍巍向他祝福。童年已經是一個故事，而青年時代，就像一個永遠回不去的家，正如皮爾·金特所說的老家的房子，近在咫尺，卻又遠在天邊。

不可能再走進這扇門。

看完戲，走出大皇宮，高行健念起一句詩：「望不斷天涯路，回不去時，方為歸屬。」

「好棒，誰的詩？」我問，這詩句讓我頓感輕鬆、快樂。

「我的，你沒讀過？詩題是〈佳句偶拾〉。」

我想起來，其實我已經讀過，和上一首詩〈夢中〉收在同一個集子《遊神與玄思》裡。

「我回去再讀讀」我說。

看到大皇宮門外廣告牌上的海報，我記好下次來看畫展的時間。

藝術創作自然是高行健的歸屬。而每一次看戲、看藝術展覽、聽音樂會，也都是一次歸屬。

巴黎藝術展

二〇一四年三月，巴黎還十分寒冷，人們都穿著厚厚的冬衣。大皇宮門前，卻格外熱鬧，正是一年一度的巴黎藝術展開展的第一天。其實，大皇宮並非皇宮，而是一九〇〇年為世博會而建的一座展覽館，正面是古典的巴洛克風格，高大的石牆上有大型石雕，十分壯觀，讓人聯想到昔日帝國的輝煌。

午後的陽光照在街上，一輛四輪皇家馬車，從大皇宮門前駛過，速度緩慢，走走停停，車上的年輕女子，裝扮成法國王后瑪麗·安東奈特，髮髻高聳，彩裙明豔，美麗動人，手裡還拿著一把羽毛摺扇，輕輕扇動，引得不少人看熱鬧，用手機拍照。

巴黎一年一度有兩個國際藝術大展，一個是國際當代藝術展，簡稱菲亞克展，另一個就是巴黎藝術展，創始於一九九八年，說起來也有十幾年的歷史了。每年大約有一百四十家畫廊參展，一半是法國畫廊，另一半來自國外。這一年的主題是中國，大皇宮裡也來了不少中國畫廊。一進大門，正面就是巴黎著名的克洛德．貝爾納畫廊的展臺，正在舉辦高行健水墨作品個展。

我們進門之後，先到各個展臺逛逛，又遇見了扮演王后瑪麗．安東奈特的年輕女子。原來她是正在展出的巨幅攝影作品裡的女主角，活生生走出畫面，又引來一群人拍照。然後，她拖著長裙，再一次出門兜風去了，身姿婀娜，十分招搖。

不少展臺是當代藝術，潑普藝術，五花八門，往年也是如此。展出的照片裡，一些還不錯，風景、人像，都有看頭。有一張照片裡的人物竟然是高行健。我還記得，是一位法國攝影師十幾年前在我們郊區的塔樓上拍的。畫面帶有幽默感，高行健看上去很年輕，在他自己的一幅畫前，兩眼微合，神閒氣定，似笑非笑。

這張照片讓我想起過去，高行健在郊區塔樓的公寓裡，以客廳為工作室，只有二十幾平方米的空間，而藝術的天地，卻廣闊無邊。他在那裡，思考、寫作、畫畫，工作非常辛苦，然而，為了自己想做的、喜歡做的事情，再累也愉快，更何況沒人打擾，日子過得自在逍遙。

那家畫廊的老闆娘並沒有認出高行健，還向我們推薦這張照片。

「我問問她，多少錢？」我說。

「算了。」高行健說。

我們走到另一家畫廊的展臺，這裡也展出兩幅高行健的畫作，註明是從一家西班牙畫廊購來的，其中一幅的標籤上已經有紅點。

高行健童年就十分喜愛繪畫，早期的畫作裡，一些標題和童年有關。有一幅直接就是〈童年〉，還有〈童話〉、〈母與子〉。他少年時代，曾經學畫油畫。美術老師是一位畫家，建議他報考北京中央美術學院，但是他母親擔心學美術將來受苦，沒有同意。他轉而報考外語學院，學習法國文學，並且開始寫作，最後還是初衷不改，走上了藝術道路。

上個世紀七十年代末，文革剛剛結束，高行健作為中國作家代表團的翻譯，來歐洲訪問，去過法國、義大利，在博物館裡看到了文藝復興大師們的作品，受到極大震撼。

西方藝術大師對色彩的運用已經登峰造極，後人無法超越。他同時也看到了一些當代西方畫家用中國墨畫的抽象畫。西方人對中國水墨的奧妙，並沒有很多的認識，於是他想到，在這個領域裡，還可以有所作為。之後，他就一直用水墨作畫。

我們在大皇宮裡轉了一大圈，這才走進克洛德．貝爾納畫廊的展廳，下午的時間屬於專業人士和收藏家，開門一個小時不到，這裡就擠滿了人，大家興奮異常，邊看邊議論。

我已經看過高行健的這些畫作，但是掛在展廳裡的效果顯然比在畫室和家裡更好，而且整體呈現更加精彩。

我慢慢走過一幅幅畫前，和大家一起仔細欣賞，感覺新鮮，就像是第一次看到一樣。〈海天〉是幅小畫，卻有大自然的壯美和氣勢；〈夢鄉〉是高氏作品的一個類型，詩意裡帶一些憂傷，天空上烏雲很濃很重，雪地裡有一個小房子，既是美好的夢想，又是憂傷的回憶；〈山那邊〉的用墨簡單、明快、層次分明；〈行者〉是三個人的背影，走向遠方；〈想像的盡頭〉完全是想像的風景，但是依然可以感覺到天、地，還有第三個層次，可以說是河水、湖水，或海水；〈等待〉是他畫過多次的題材，茫茫世界裡，一個站立不動的人的背影，孤單而執著。

一些畫較為抽象，但也很直觀，〈夢中〉其實什麼都沒有，只有深的、淺的、更淺的墨色，無形又有形，散漫又有序，像水一樣流淌；〈輝煌〉的墨蹟張揚、跳躍、無拘無束，像風，也像火焰。

其實，他所有的畫都是既非具象，又非抽象，既非東方，又非西方；工具和材料是中國的墨、毛筆、宣紙，但是所表達的內容，已經遠遠超出了中國文化範疇，不能僅僅當成中國畫來看，也可以說不再是中國畫。他的參照是整個世界美術史，他的作品自然也匯入到這條長河中。這就是高行健的藝術。說起來似乎很簡單，但是，走一條前人沒有走過的路，是極其艱難的事情，要很大的勇氣，很多的實踐，很多的辛苦，還有，就是持之以恆。

展出的畫大約有三十幅，很快就有不少幅被人認購。

我還記得七年前，在國際當代藝術展上，同樣是在克洛德．貝爾納的畫廊的展臺，也是高行健水墨畫作個展，盛況空前，開幕式的當天，作品全部售罄，就連畫冊都被一搶而光，在巴黎引起轟動。後來這個藝術展不再接受高行健個展，理由是本博覽會不做個展，朋友們都開玩笑說：「是不是賣得太好了？」

高行健走過去和克洛德．貝爾納先生聊天。他們是好朋友（高行健和另外幾家畫廊也是朋友，合作是愉快的交往）。克洛德．貝爾納畫廊是一家巴黎老牌畫廊，由主人克洛德．貝爾納先生年輕時候創辦，位於塞納河左岸的畫廊區，半個多世紀以來，從沒有換過地方。這個被年輕畫商稱為「恐龍化石」的老畫廊，曾經舉辦過無數成功的畫展，展出的藝術家有畢卡索、賈克梅第、巴勒杜斯、培根，還有幾位超現實主義藝術家。那是法國文化藝術繁榮的時代，也是畫商們的黃金時代。現在的畫廊都很難經營，而克洛德．貝爾納先生的畫廊，風光不減當年，簡直是個奇蹟。他年紀大了，精神矍鑠，近十年來，已經做過五次高行健畫展，每一次都大獲成功，看來這一次，又不例外。

兩人說話的這一會兒功夫，牆上又多了幾個紅點。

和每次畫展一樣，高行健非常忙，回答收藏家的問題，和他們拍照，在畫冊、書上簽名，不時有一些朋友過來打招呼，又有一些許久不見的老熟人出現在眼前。

開幕式晚上七點鐘才開始，時間還沒到，大部分作品旁邊已經貼上了紅點。

陽光從巨大的玻璃穹頂照進大皇宮，這座百年建築是鋼鐵結構，據說當年使用了九千多噸鋼材，顯示工業革命帶來的繁榮和進步。我們到一旁的咖啡座上喝咖啡。在咖啡桌上，我撿到一份藝術市場刊物，翻了一下，見當代藝術拍賣價錢，很是嚇人，有幾十萬、上百萬、上千萬美金，不可思議，就算是點石成金，也比黃金貴得多。

這裡有兩個世界——藝術與市場，有時是對立的，有時和解了，有時可以完全背道而馳。藝術家孤軍奮戰，像汪洋大海裡一隻孤獨的小船。

我們在咖啡座上休息，回想起一些往事。二十多年前，高行健剛剛來到巴黎，正是當代藝術興盛時期，從美術館到畫廊，觀念藝術、裝置藝術、行為藝術，還有以設計為藝術，大行其道。高行健的作品，顯然不合潮流。他在德國曾經舉辦過畫展，就拿著自己在德國出版的畫冊和兩、三幅畫作，到塞納河左岸去試試運氣。當時那一帶全是畫廊，鼎盛時期有二百多家。他沿著畫廊街挨家詢問，能不能展出這些畫？沒有人表示興趣。他問到最後一家，回答是可以，但是，要藝術家自己出掛畫費，掛一幅畫五百法郎，十幅就是五千法郎。這在當時是一大筆錢，高行健沒有答應。

後來的一些年裡，情況大大改變了，高行健對出書、演戲、辦畫展已經習以為常，他的作品在西方已廣為人知，並深受喜愛。然而，他仍然走在自己認定的這條路上，只是走得更遠了。

原先左岸的那些畫廊，很多都經營不下去，有的改為家具店，有的改為骨董店，更多的變成了服裝店，還有食品店，剩下的畫廊為數不多，不到從前的一小半。

然而，高行健卻始終如一，做自己的藝術，絲毫不受外界的干擾。他說：「二、三十年對於一個人來說，似乎很漫長，對於歷史來說，卻太短暫了。作為藝術家，重要的是作品禁不禁得起時間的考驗。」

一個藝術家創作的作品二、三十年後，還有人看嗎？一、兩代人以後，還有人收藏嗎？如果更久的時間之後，仍然為人欣賞、保存，那就是傳世了。一個藝術家的作品能不能不朽，時間自會做出回答。

大皇宮裡的人越來越多。我們喝完咖啡，高行健又去展臺參加晚上七點鐘的開幕式。

我走出大皇宮，天色已晚，大門外邊，四輪馬車上裝扮王后的美女早已無影無蹤，只有匆匆走過的路人，還有幾個巡邏的警察。

晚上高行健回到家，說：「開幕式之前畫就已經全部賣完了。」第二天上午，又到畫室工作。

閉展那天，高行健又去了一次大皇宮，我沒有再去。和每一次畫展結束的時候一樣，他又一次告別了自己的一批作品，也告別了自己一個工作階段，然後，開始另一個階段。這些畫作，從此離開畫家工作室，在陌生的地方，開始它們自己的命運。我不免有點不捨。而高行健卻沒有想這麼多，頭腦裡已經在構思下一步的創作。

拉丁區的記憶

我漫遊在巴黎的街頭，鬼使神差一般，竟然進入了一個古羅馬鬥獸場。這也太不可思議了！還是我太缺乏歷史常識？

這裡是巴黎拉丁區的一個古羅馬遺址——圓形競技場。

四周高高的觀眾臺上，還殘留一些石座位。中央用石牆圍起圓形的空地，是西元一世紀人獸搏鬥的表演場。圍場的盡頭，一個厚重的木門緊閉，大概野獸從這裡出場，公牛、熊、老虎、獅子……

在這裡，人與人、獸與獸、人與獸當眾浴血廝殺。很難想像那種場面，生死搏鬥，太驚人、太激烈、太刺激、太殘酷。現在媒體也常用格鬥這個詞，帶有幽默感，戲稱一些商業、政治，或其他的爭鬥，言外之意，同樣是表演，而且觀眾甚多，激動的、驚嘆的、喝彩的都有。

而在古羅馬時代，這一切都只是娛樂節目。一千八百多年已經過去了，此時此刻，這個表演場內，空寂無人，沒有咆哮的野獸，也沒有血拚的鬥士。我一步步走過表演場，心裡有點緊張和興奮。場邊有一條綠色的長椅，可供散步的人閒坐。看臺之外，綠樹成蔭，有幾個年輕學生說笑聊天。整個環境十分安靜，令人難以置信。

我在巴黎住了二十五年，這才剛剛知道巴黎的拉丁區，靠近塞納河左岸，還有一個古羅馬鬥獸場兼劇場。大門一旁有一塊石牌，刻著簡短的介紹文字：「……競技場可容納一萬觀眾，表演水上比武、格鬥，以及人獸相鬥，並演出喜劇和悲劇……」我抬頭看看競技場的四周，已經被不同時代的樓房圍繞，只剩下表演場和幾排階梯座位，很難想像從前萬人觀看演出的盛況。圓場的一邊，果然有一個長方形的舞臺，後邊還有幾個斷殘的牆根，想必是從前的後臺。

在法國南部城市奧朗日（意譯橙子），也有一個建於西元一世紀的古羅馬露天圓形劇場，是這類劇場保存最好的一個。古老的圍牆高達三十幾米，如城牆一般。舞臺後邊和兩側是三層石樓，上有圓柱和雕像，十分壯觀。舞臺前邊有一個半圓形樂池。圍繞舞臺同樣也有上萬個階梯座位。

當年古羅馬人經過長期征戰，建立了橫跨歐、亞、非三洲的大帝國。隸屬帝國的城市有上千個，其中大部分都建有圓形競技場和劇場。而戲劇演出，主要是喜劇和悲劇，不少劇目以神話為題材，臺詞是優美的詩句；也有音樂、舞蹈。娛樂性節目，包括逗笑的啞劇和性感的表演。大型節目裡演員甚多，木製的活動舞臺可以升降，布景隨劇情需要而變化。野獸也可以上臺表演，場面驚心動魄。當時首都羅馬大競技場的圍牆竟高達五十七米，能容納五萬到七萬五千觀眾。相比之下，偌大的奧朗日劇場還算一個普通劇場。西元四世紀，奧朗日劇場被廢棄。中世紀宗教戰爭期間，這裡變成了避難所。石樓裡住滿了難民，日後在場內搭建房屋。直到十九世紀初，居民才遷走，亂七八糟的房屋被拆除。劇場毀壞嚴重，修復工程持續了將近一個世紀。而自一八六四年起，這裡已經開始舉辦音樂節，演出歌劇，也有各種音樂會。

後來我在地圖上找到巴黎拉丁區的另一個古羅馬遺址。這天我走出家門，沿塞納河步行到聖米歇爾廣場。天氣十分晴朗，聖米歇爾大街熱鬧非凡。這一回是按圖索驥，我沒有意外驚喜，卻另有一種不同尋常的感覺。其實我已經許多次路過這個地方了，和巴黎那些風光無限的景點相比，這裡並不引人矚目，無非是殘垣斷壁，再加一個大坑，似乎還有地下室。如果不是看到遺址的介紹，怎麼也無法想像，這是西元一世紀的古羅馬澡堂。

浴場和劇場本來不能相提並論。而在古羅馬時代，澡堂卻是一個重要的公共場所，分別有冷水浴、溫水浴、熱水浴，附設休息廳、圖書館、空中花園。人們來這裡不僅是為了洗澡，也為了休閒和交際。洗完澡，可以吃喝、聊天、閱讀。現存的斷牆依然高大、厚實，想必當時建築十分宏偉、奢華。一千八百多年過後，大廈早已化為塵埃，只剩下這片殘跡。

我十八歲的時候，在北京學法語；第一次聽人說到拉丁語，不知是什麼語言。一個同學告訴我：「拉丁語嘛，好比是法語的『古漢語』。」這個解釋簡單、生動、易懂，但是太不準確了。一個似是而非的印象留在我大腦裡好多年。其實拉丁語就是古羅馬人的語言。法語則是通俗拉丁語和本地高盧語言的結合和演變，並非像古漢語發展成現代漢語這麼單純。

西元一世紀，羅馬帝國征服高盧的時候，在這裡建立了一座城市，這就是巴黎的雛形。不過那時還不叫作巴黎，而是盧泰斯。西元四世紀盧泰斯才改名為巴黎。以後的漫長歲月裡，塞納河的左岸曾經被戰爭摧毀，而後又經過重建。到了十三世紀，神學家、神父羅貝爾·德·索邦在這裡創辦了一所大學——索邦學院，如今是索邦大學。這個地段逐漸成為一個學府集中的文教區，講拉丁語，故稱拉丁區，現在是巴黎第五區和第六區的一部分。幾百年來，巴黎、外省以及外國的一代代學子，不斷來到這裡求學。

浴場遺址離索邦大學很近。我很快走到大學的正門前，見穹頂巍峨，牆上有幾尊古代聖賢人像雕塑。

一群年輕大學生走進校門，一個個向看門人出示進門證。現在他們說的顯然不是拉丁語，卻讓我頓生羨慕之心。歲月蹉跎，我早已告別了大學，只能在大門之外的咖啡館裡，喝一杯咖啡，再拍兩張照片留念。

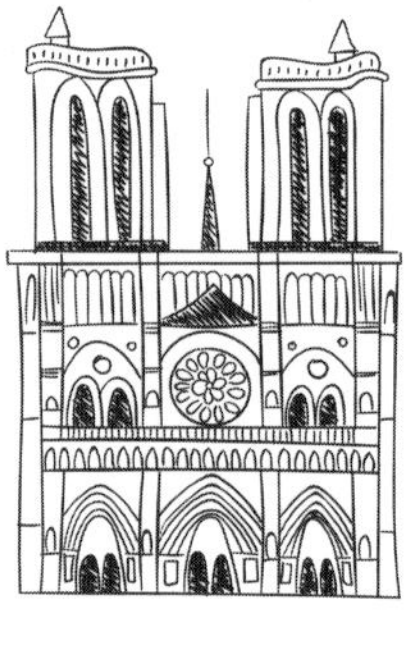

時光的印記

巴黎有一條美妙的綠蔭道，是用廢棄的老電車軌道改造而成，長達四、五公里。這條長滿花草樹木的道路，穿過半個城市，是巴黎人散步的好地方。高行健準備畫展，連續緊張的工作之後，想出去走走，我們就想到了這條綠蔭道。

先到了里昂火車站，高行健看見老火車站建築上的雕塑，十分興奮，不時拍照，這才想起他自己在這附近住過，對地址的記憶已經模糊，就在路邊找人問詢，遇到一個小店老闆，熱心指路。

我們繞了一大圈，這才找到了科薩提耶街。街口兩側各有一個咖啡和餐館，整條街一共只有二十五個門牌。十八號是一扇深紅色的木門，石頭建築，上面刻有建築師的名字，還有建造年代一八六九年。二樓的窗檯上開滿鮮花，那就是上世紀八十年代末高行健初到巴黎的落腳之處。

街的盡頭是一個小廣場，一個古典噴泉向空中噴出水花。噴泉的四周花草圍繞。一旁綠色路椅上，坐著三兩個退休老人，好奇看著我們，不知這兩個亞洲人在尋找什麼。廣場雖小，向四面輻射出條條道路，視野一下變得十分開闊。

我們又回到街頭的咖啡館，在露天的紅色皮椅上坐下休息，喝咖啡。高行健回憶起過去的事情，說：「那時我剛剛到巴黎，找到這處房子，有了自己的空間，沒日沒夜寫《靈山》。窗外，從深夜到凌晨，街上過往車輛的聲音聽得清清楚楚。可是我已經記不清這街景了。那時只是寫作，沒有心思出門走走，更別說享受巴黎。」

以前，高行健是一個不知道享受的人，在時間上特別吝嗇，吃完飯，放下筷子就工作。「簡直像是虐待自己。」我說。

「在大的社會背景下，一些事情似乎無法預料，命中註定，但是，一個人還是可以朝著自己的目標，按照自己的意願，走出自己的路。」高行健說。

當時高行健得到德國一個基金會和法國文化部的邀請，於是，向他工作的北京人民藝術劇院請了一年的創作假，先去了德國。

曾任法國駐華大使的馬騰先生是高行健的老朋友。他親自開車到德國邊境，專程接高行健來法國。高行健本打算在巴黎寫完長篇小說《靈山》就回北京；沒想到，從此再也沒有回去。我也一樣，在巴黎已經二十多年了。

我記得上大學的時候，讀過一篇文章，講到法國作家司湯達，說他墓碑上刻著「米蘭人，活過，寫過，愛過。」我驚嘆不已，世界上竟然有這樣的碑文，精鍊、精闢、精彩，還是用義大利文，而不是法文。

其實，司湯達是法國人，也是十九世紀法國文學的傑出代表。他母親有義大利血統，在他幼年時就去世了。他年輕時代曾在義大利讀書，熱愛文藝復興時期的藝術，晚年也生活在義大利。法國人不會說他不愛國。對他們來說，司湯達是一個深愛義大利的法國作家，沒有什麼不好。司湯達一八四二年去世後，這塊碑就立在巴黎的蒙巴納斯公墓。

此外，他還有一句驚人之語，說：「我將在一八八〇年被人認識，一九三〇年被人理解。」這兩個年代分別是他死後的第三十八年和第八十八年。不過，他生前已經是出名的作家。這裡要說的並不是一個具體的時間概念，「認識」和「理解」也不是一般的意義。偉大的作家總是走在時代之前，同時代人可能難以接受。對於必然要忍受的寂寞和孤獨，他心裡非常清楚。

不要說「愛過」、「寫過」，僅僅一個「活過」，已經讓人羨慕不已。

我們繼續散步。這一部分的綠蔭道是在廢舊的高架橋上，下面的橋洞已經改建成商店。高架橋上的散步道有一、兩公里長，兩側長滿茂盛的綠色植物，很多地方玫瑰花盛開。在城市上空散步，感覺尤其暢快。陽光燦爛，走過兩個小公園，從橋上看到很多人躺在下面的草坪上曬太陽，好生愜意。之後，綠蔭道變成了隧道，我們也就從城市上空走到了地底下。高行健又問路，一個女人帶了個一歲多的小男孩，像是此地的居民，回答認真又仔細。然後，正牙牙學語的小兒，還向高行健招手說：「再見——」

走出隧道，兩旁樹木森森，十分幽靜，散步道的地勢依然很低，如同幽谷。我們走上高高的石梯，這才到了大街上，左右張望，找我們曾經住過的地方，地鐵站對面，一座現代樓房，離民族廣場不遠。高行健在這棟房子裡寫了短篇小說《瞬間》。

那時我在找工作，也想寫作。小公寓的客廳和臥室相通，沒有門，高行健用一個大板子隔出兩個空間，這樣兩人各處一方，互不干擾。

我們從窗口看到街對面有個職業介紹所，幾個人在門口排隊等待，看上去垂頭喪氣，有點像潦倒青年，手裡都拿著一個資料夾。高行健鼓勵我：「別怕，加入到他們的行列裡去。」我果真去了，向陌生世界邁出第一步，手裡也拿著一個資料夾。

許多年過去了，重回舊地，高行健要給我拍個照片留作紀念。我們過了街，在人行道上徘徊，並沒有看到那個職業介紹所的招牌。我走近一道關閉的鐵柵欄，裡面是一道玻璃門，感覺似乎有點印象，忽然看見玻璃上貼了一個告示，說從二〇一三年起，職業介紹所已經搬遷到另一個地點。「找到了，沒錯，就是這兒！」我大聲說，心裡對這個地方充滿感激。在這裡我上過非常重要的一課，主題是——生存。這是一切的前提。我以前一直以為，一個人只要擁有內心世界就可以擁有一切；到了人生的大課堂裡，才明白，這個想法雖然沒錯，也不算完全正確。

後來，我去一家公司工作。之前，我最害怕數字，這一回為了生計，一頭扎進了數字堆。當時英國導演彼得．格林納威的一部電影在坎城得了獎。我跟朋友們一起去看過。時隔太久，電影講的是什麼，我現在已經差不多忘光了，但是片名一直記得很清楚，叫作《淹死在數字裡》。那時我成天向電腦輸入無窮無盡的數字，就差點淹死在數字裡。不過，出乎我自己意料的是，在這方面，我竟然可以做得又快又好。

那段時間除了工作，也看書、看電影、看藝術展、看戲，會朋友，眼界大開；許多事情聞所未聞，讓我很想記錄一下自己的感受；不過，有時候，也想什麼都不做，只是享受清靜自在的時光。

我和高行健一起，在過去住過的房子前流連忘返，又到旁邊的酒吧去喝咖啡。酒吧裡人多，很熱鬧。大廳的裝飾特別，一張桌子、兩把椅子倒掛在天花板上，還倒掛了兩、三個老舊的自行車，門窗和家具都未曾刷新，保留舊時的味道。想當初我們整日忙碌，哪裡有時間來這裡閒坐？根本不知道離家門口幾步路，還有這樣一個酒吧。

那時我開始寫作，感受到文字表述的樂趣，也慢慢體會司湯達所謂「活過」二字的深刻含義。我並非想當作家，而許多故事就發生就我身邊，觸動最深的，是看到人性的脆弱。用第一人稱描寫女主人公的人生困惑，會被人問到裡面寫的是不是你，其實不用解釋，小說是藝術創作，不是自傳。作者需要憑藉小說裡的人物，展開對人生的思考。

然而，人生的答案不是一天就能找到，也不是一年、十年，或更久，可是人活著還是要不斷尋找，這個過程也是一種答案吧。

後來，我們又搬了家，住在郊區一座塔樓裡。那段時間，高行健寫下了長篇小說《一個人的聖經》，劇本《八月雪》、《周末四重奏》、《夜遊神》、《叩問死亡》，藝術文論《另一種美學》，還完成了許多繪畫作品。我自然總是第一個讀者和觀看者。他的作品我都喜歡，但是還是有所偏愛，最打動我的畫作，都有詩意的美，意境深遠。劇作中我最愛看《山海經傳》和《八月雪》，倒不是因為中國題材，而是作品本身精彩、動人，而且深宏博大。他工作時間很長，經常到下午三點才吃午飯，將近半夜才吃晚飯，沒有過週末和假期。

曾經有一位女記者問我：「高行健有什麼愛好嗎？」我想說：「愛好文學藝術，難道還不夠嗎？」她看我沒明白她的意思，就進一步解釋：「我是說，除了文學藝術之外還有什麼愛好？」我真的說不出來，其實，文學藝術之外的一切他都不顧，連給花草澆水也嫌麻煩。

綠蔭道上的散步結束的時候，天色已晚，我們回到市中心的家，如同從巴黎之旅的第一站走到最後一站。而這個旅程，實際上，在不知不覺中，已經過了四分之一個世紀。高行健的大部分作品都是在法國完成的，包括不同的領域，從小說、戲劇、詩歌、文論、繪畫到電影。相比之下，他在中國的創作只是開了一個頭。

時光一年年過去，有艱辛，也有快樂。現在，我們總算有些閒暇，可以時不時散散步。不過，一回到家，高行健又要準備明天的工作。

聖馬丁運河

以前聽人說，巴黎的火車北站附近，治安不太好；我幾乎沒有去過，除非要乘火車，那也是從地鐵的通道直接走向火車站的月臺。偶然一次，走出火車站，我這才看到這座建築的正門，高大、宏偉，建於十九世紀中期，是工業革命時代興修鐵路的見證。

我在北站對面的咖啡館坐下休息，望著火車站門樓上的石雕人像，有二十幾個，很是壯觀。

沒過幾分鐘就有情況發生。遠處有人喊：「抓小偷！」一個中年男子猛追一個青少年，眼看就要逮住。緊接著青少年發瘋似的越跑越快，飛毛腿一般，中年男子漸漸落後，最後只能放棄。

我下意識拿好手提包。而坐在咖啡館裡的人，個個悠閒自在，對這個令人心驚的場面，不知是沒看見，還是視而不見。只有我一個人大驚小怪，心想：這北站，果真名不虛傳。

說起北站，會聯想到北店，就是這附近的一個小旅店，樸素簡單，名氣卻很大。看過法國老電影人，還記得上世紀三十年代末的著名影片《北店》，就是發生在這裡的故事。一對走投無路的年輕情侶，皮埃爾和荷奈，來到這個廉價的小旅館——北店，開了一個房間，不是要同居，而是要一同自殺。

結果，自殺未遂，生不如死。兩人原本約定好，皮埃爾先朝荷奈開槍，然後飲彈自盡；可是開第一槍時，皮埃爾猶豫了，子彈打歪。荷奈受傷，被北店裡的好心人送進醫院，而皮埃爾卻被警察送進監獄。

我很快走到了聖馬丁運河邊。河畔有座三層的白色小樓——這就是北店。聖馬丁運河開鑿於十九世紀，只有四到五公里長，當時為了給巴黎東部的市民提供生活用水。這樣一條小運河，不能和塞納河媲美。不過，我並沒有想到，這裡的環境美好浪漫。小橋流水，綠樹蔥蔥。水邊有一對對情侶，還有人在釣魚。我好奇問：「有魚嗎？」垂釣者淡淡反問：「沒魚還釣什麼？」但是，即使釣到一、兩條，又能吃嗎？不過，這話我還是不說為好，免得讓人掃興。看他釣魚的樣子，像看一張巴黎的老照片。

我走上北店旁的小鐵橋，不再像看老照片了，簡直就是直接進入老電影的鏡頭。電影《北店》結尾的時候，皮埃爾和荷奈就是站在這個小拱橋上。他們的噩夢結束了，總歸，生命是美好的，只有活著才會有愛和快樂。我雖沒有經歷過他們那樣的痛苦，卻也同樣見過，挫折之後的希望之光，所以，小鐵橋讓我感動。這樣的故事也成為電影的經典模式。

《北店》這部電影，展現了平民小老百姓的巴黎生活，喜怒哀樂，酸甜苦辣。其中人物形形色色，情節曲折，心理複雜。然而，比起真實的人生，電影還是太簡單了。人們日常形容一件事情「簡直是電影」，意思就是簡直是編故事。而真實故事的複雜性，無法說得清楚。

法國著名女演員阿爾萊蒂在此片中飾演一個妓女，住在北店。她的房間恰好在皮埃爾、荷奈隔壁。阿爾萊蒂以純熟的演技，刻劃出人物的鮮明個性。扮演者的幽默和爽朗，為影片大大增色，給觀眾留下很深的印象。

阿爾萊蒂的人生故事法國人大都知曉。她演的另一部著名電影《天堂的孩子》在納粹占領時期出品。戰爭造成太多的不幸。有一種個人的不幸，也叫作汙點。阿爾萊蒂當時和一個比她小十歲的德國青年軍官相好，而且公開戀情。德國戰敗後，與德軍有關係的法國女人都被揪出來，當眾剃頭。阿爾萊蒂很快被捕，最後被判三年不能公開演出。

三年以後，阿爾萊蒂重出江湖，依舊在演藝界裡，參演了許多電影和舞臺劇。直到上世紀六十年代，她因視覺出現問題，漸漸淡出藝壇。一九九二年，阿爾萊蒂在巴黎去世，享年九十四歲。

老年的阿爾萊蒂曾經在接受記者採訪的時候，表示人生無悔。她幼時家境貧寒，十六歲出道，經歷了幾十年漫長的演藝生涯，外加兩次世界大戰；演過娛樂性的小角色，也在電影史上留下經典。對於往事，阿爾萊蒂一笑置之。其實，從二戰後被捕的時候起，她始終不認為自己有罪，也不認為自己有錯。

個人情感的世界，誰能判決？

聖馬丁運河緩緩流淌，帶著許多記憶，最難忘的還是北店，也是阿爾萊蒂。那個年代，流行一首愛情歌曲，歌題是〈玫瑰人生〉，也是現在法國人喜歡的老歌，曲調帶點憂傷，意思是有愛情的人生如同玫瑰。這首歌適合聖馬丁運河，也適合阿爾萊蒂。

我過了小鐵橋，走到北店，在面對運河的露天咖啡座上，向服務生要了一杯咖啡，正要感受一下平民巴黎的小河風情，卻驚訝發現，這個從前屬於船工、無業者的廉價小旅店，如今已經變成一家四星酒店，內設餐廳和咖啡館，當稱「北方酒店」，不是皮埃爾、荷奈兩個窮困青年可以開房間的地方，隔壁也不可能住著阿爾萊蒂飾演的芳鄰。據說，從前北店的內院裡有一個洗衣的水池，一旁不僅養狗，還養雞。這還能算幾星級？

現在的北店，外觀上仍然保持過去的風貌。這個地段也仍然是舊時的情調。房子多建於十九世紀末，二十世紀初，有石建築，也有一些糊灰的木筋樓，看上去一點都不奢華，不過房價不知翻了多少倍。

上世紀北店曾經險些被毀，一次是六十年代城市修路計畫，一次是八十年代房子破舊老化。附近的居民聯合為北店上書情願，政府部門採取了保護措施，又經過新店主大修，才有了今天的北店。

我正想到這裡，一條旅遊船開來。如此窄小的運河裡竟駛出偌大一條船，讓人馬上想到：河水能承載嗎？不過，這種擔心似乎多餘，水還是夠深。導遊用大喇叭講英文，到了水閘前，閘門緩緩打開，船駛進去，閘門關上。過往的巴黎人和我一樣好奇，在岸邊觀望。船上的遊客則眺望兩岸，當然主要是看北店——簡樸的白色小樓。如果沒看過電影《北店》，真實的北店還真沒有什麼好看的。幾分鐘後，水閘再次打開，遊船又沿來時的路線開回去了，大喇叭講英文的聲音也漸漸遠去。

我在河邊漫步，一連走過兩、三個小小的河畔公園，都是一百多年以前的設計，簡單溫馨。

後來，一個朋友說，當年電影《北店》是在攝影棚裡拍的，背景都是畫出來的布景，連皮埃爾、荷奈腳下的小鐵橋也是假的。我聽了一點都不失望。電影不就是假的嗎？要是反過來，我走過的小拱橋是假的，那就不僅僅令人失望，而且令人驚恐。

而真實的世界，就像一個真實的巴黎，不只有陽光，也有風、雨、雷、雪；不只有熱鬧的人群，也有孤獨的個體。每個人都有快樂和不開心的時候；對於不如意的事情，付之一笑好了。

阿爾萊蒂的笑容，時常帶點詼諧的意味，令人難忘。

日出的印象

瑪莫丹－莫內博物館位於巴黎東部的布勞涅森林旁邊，從前是貴族的打獵別墅，到了十九世紀末，被工業家于勒．瑪莫丹買下，改建成自家住宅，後來房子傳給兒子保爾．瑪莫丹。他是藝術史學家，喜愛收藏。一九三二年，保爾．瑪莫丹去世，全部的藝術品、書籍、骨董家具收藏連同房子一起捐給法蘭西美術學院。兩年以後，這座豪宅變成了瑪莫丹博物館。

樓下的客廳裡，陳列帝國時代的家具，金碧輝煌。臥室在樓上，有一張床，桃花心木上鑲著青銅雕飾，標籤上簡單寫著「拿破崙的床」，沒有更多的文字介紹。

博物館雖然不大，卻以收藏莫內畫作而聞名。我去莫內的展廳，走近他著名的畫作〈日出印象〉。之前我已經來過兩次，這幅畫我不僅在這裡看過，也在別的博物館借展的時候看過，並且在畫冊和各種印刷品上早已看過無數次，因而對畫面十分熟悉，但是，再次見到原作還是會心動——朦朧的天色、橙紅色的太陽、海水的波光，以及大海上飄蕩的小船，一切看似模糊，卻有清晰的構圖，畫面非常完整，美在渾然天成。

從前我還在中國的時候，在書上看到過一些有關印象派的介紹，很喜歡莫內這幅畫，尤其對標題的「印象」二字，感覺無比新鮮。那個年代中國人能看到的西方繪畫極少，圖片上的畫作沒有註明尺寸。〈日出印象〉即是代表作，又是以天空和大海為題材，我以為一定是一幅大型畫作。

〈日出印象〉一九八五年在博物館被盜。一九九〇年，我剛到法國不久，從報紙看到一個消息，〈日出印象〉失竊案已經破獲，畫作歸還博物館，還刊登了一張照片，戴白手套的工作人員正舉著這幅畫。我十分驚訝，沒想到這幅畫並不大，只有四十八公分高，六十三公分長。

就因為這幅小畫，才有了一代畫風的命名——印象派。繪畫離開古典的寫實，可以像人們腦海裡的印象。而莫內這一幅失而復得的「印象」，如同一個美好的初衷，一直留在我心裡。

畫作左下角的海面上，有畫家的落款「克洛德．莫內72」。一八七二年莫內在法國北方港口城市勒阿弗創作了這幅畫。作品最初在巴黎的熟人朋友圈子裡展出，地點是當時著名攝影師納達爾的工作室，由藝評家路易．勒華熱心張羅。這幅畫的原名是「勒阿弗的景色」。大家建議換個標題。莫內說就叫「印象」好了，其他畫家說是「日出印象」。路易．勒華正要給這群新生畫家的展覽找一個主題。他念念有詞：「印象？印象！印象。就是這樣，給我深深的印象。」接著印象派一詞脫口而出。

這次展出之後，〈日出印象〉八百法郎賣給一個朋友。過了幾年，這位朋友破產，法院拍賣家產，〈日出印象〉被當成不值錢的東西，兩百多法郎處理了。畫名誤寫為「日落印象」。買主是莫內的醫生，也是朋友，名叫喬治．德．貝柳。他一直熱心支持印象派畫家。一九三八年，喬治．德．貝柳過世，後人將此畫捐給瑪莫丹博物館，登記入冊的標題也是「日落」。二戰期間為躲避飛機轟炸，畫作轉存於盧瓦河谷的香波城堡，在倉庫裡蒙塵多年。直到上世紀五十年代，這幅畫漸漸被人看作是印象派的重要作品。有學者提出應該是「日出」，而不是「日落」。一九六五年，博物館把畫名改回「日出印象」。

博物館後來也改了名，變成瑪莫丹－莫內博物館。我在展廳裡流連忘返，繼續欣賞一幅幅畫作，有莫內的〈睡蓮〉、〈日本橋〉、〈柳樹〉……色彩明亮，鮮活動人。博物館自建館以來，接受過許多慷慨捐贈，其中有喬治・德・貝柳醫生的後代捐出的雷諾瓦、畢沙羅、西斯雷等等印象派畫家的畫作，不少莫內的作品是他次子米歇爾・莫內的捐贈。

莫內早期很窮，不過他想得開，不怕賒帳，結果常常有債主登門。妻子原先是他的模特兒，結婚後生下兩個兒子，不久病逝。他有個收藏家朋友，後來破產了，落荒而逃。這位收藏家的妻子阿麗絲帶著六個孩子來找莫內。從此他們組成一個大家庭，一直住在鄉下的房子裡。莫內的大兒子後來娶了阿麗絲的一個女兒。莫內和阿麗絲既是夫妻，又是親家，親上加親。

鄉村生活讓莫內漸漸愛上園藝，開始自己栽種花木。他的花園有一公頃大，滿園鮮花盛開。後來，畫賣得不錯，經濟狀況改善了，又買下一塊地，有一池塘，在上面修了一座拱形的小木橋，取名日本橋。他曾經說過：「我感興趣的事除了畫畫，就是園裡的花。」

莫內晚年患有白內障，動過兩次手術，依然有視覺障礙。他經歷了喪妻之痛，後來長子也離世了。然而，他創作力仍然不減，有些作品很大，有一組巨幅畫作〈睡蓮〉，一共六幅，高兩米，長度不等，最長一幅竟然有十七米，在橙園博物館專設的展廳裡永久展出。老年的莫內還很勤奮，一九二六年，因肺部炎症去世，享年八十六歲。他後期的風景畫上多次出現的日本橋、垂柳、池塘和睡蓮，都在自己的家園裡。

這個家園最後的主人是莫內次子米歇爾．莫內。他一九六六年去世，捐贈了莫內的遺作、遺物，也包括房子和花園。從一九八〇年起，莫內花園和故居都開放給遊人參觀，只是離巴黎較遠，交通很不方便。

印象派曾經是我人生的一扇窗。那時我還是一個懵懵懂懂的女生，生活在一個相當封閉的環境裡，從這個窗口，看到了不一樣的景色、不一樣的人物，也感受到藝術家們不一樣的眼光。等到我終於來到法國，印象派的時代早已過去，藝術又走過了一百年的歷史，就連後印象派、超現實主義、現代主義都已經過時。

這些年來，我在巴黎、紐約、倫敦看過很多印象派畫展，大型的、小型的，有回顧展、主題展，也有博物館的永久展。這個繪畫流派不再讓我感到新奇，但是，時常會回憶起許多年前，在書上初次看到這些畫作時，那種興奮的心情。對那些畫作的印象，已經無法忘懷，就像路易．勒華當年念念有詞：「印象？印象！印象。就是這樣，給我深深的印象。」

我在瑪莫丹－莫內博物館裡轉了一圈，又回到莫內畫作的展廳，再次走到〈日出印象〉前。畫面灰濛濛的世界裡，橙紅色的太陽剛剛升起，看上去很小、很遠，也還很低，只比遠處模模糊糊的吊車高一點點，而天空和海面已經映出日出的光彩。二十幾年前，我第一次看到這幅作品，就非常喜愛畫中的橙紅色；現在再看那種色彩，既淺淡，又鮮明，如同青春時代的記憶，依然沒有變色。

近兩年，為了找到足夠的證據確定這幅畫到底是「日出」還是「日落」，瑪莫丹－莫內博物館展開了實地考察。莫內當時在勒阿弗港一家海濱旅店的房間裡，畫下了窗外的風景。畫面上隱約可以看見海灣的對面是十九世紀末的工業碼頭，有吊車之類的機械。

有資料說明莫內去勒阿弗是在一八七三年，而不是一八七二年，不過博物館還是以畫作上落款的年代為準。當年的旅店已經毀於二戰的飛機轟炸。專家根據其位置所在，對方向、光線、氣象、海潮進行了分析。

最後，博物館確定此畫作於一八七二年十一月十三日清晨七點三十五分，描繪的畫面正是清晨的勒阿弗港——日出的印象。

綠楊芳草

「天鵝湖！」我差點驚叫起來。那是我第一次來到萬桑森林邊的聖芒戴湖畔，看見碧綠的湖面上有白天鵝、黑天鵝，立刻想到童話芭蕾舞劇《天鵝湖》，還有柴可夫斯基的優美音樂。

聖芒戴湖的三面是森林，一面是聖芒戴小城。藍天白雲之下，湖上天鵝悠然自得，白色的水鷗飛來飛去。除此之外，還有不少鴛鴦，以及其他種類的鳥。湖心島十分神祕，沒有人去過，是鳥類的天堂。這一切，簡直就是童話。

我第一次看芭蕾舞劇《天鵝湖》，都已經二十多歲了，陶醉於浪漫的愛情故事中，像是回到了少女時代。十年以後，我去瑞典，再次看到這個舞劇，重溫舊夢，總也沒有厭倦。沒想到，竟然有一天，我真的來到天鵝湖畔，簡直如入夢境。

聖芒戴小城與萬桑森林、聖芒戴湖僅隔一條小道。這裡的房子大都是十九世紀末、二次大戰前的建築，只有四、五層，精巧講究，卻不奢華，顯現二十世紀初資產階級小城遺風。驚人之處是與湖畔小道相隔的房子，窗戶朝向森林。城市裡的人，竟然可以依傍森林而居，令人羨慕不已。

從我住的巴黎市中心乘地鐵來到這裡，只需半個多小時。而我長久以來，忙忙碌碌，沒想到離家不遠的地方就有人間仙境。

林邊的一個大木屋是一家老式舞廳，建於一九〇四年，那時候的人熱中舞會，時常到森林邊聚餐，跳華爾滋，到了三十年代流行探戈，六十年代迪士可又成為時尚。大木屋是百年歷史的見證。這會兒有幾個人走進舞廳的大門，大都是銀髮族，也許有什麼聚會。

我沿著森林邊的一條小路，走到小城的一家餐廳前，招牌上寫著「一九〇一年酒館」，一進去果真如同回到了上世紀初。被稱為新藝術時代特色的天花板，色彩明豔，上邊還吊著一個老式電風扇。壁燈、細木壁板、櫃檯、桌椅，都是百年骨董。時光好像仍停留在過去。我放輕腳步，怕驚動什麼那樣，在一張黑色的小方桌旁坐下，想像小城酒館一百多年前剛剛開張時的熱鬧景象。女客都穿長裙，戴帽子。堂倌穿梭往來。

正想著堂倌就出現在我面前，白襯衣、黑馬甲、黑領結，和當年幾乎一個式樣，殷勤的微笑，也像老電影裡的鏡頭。菜式自然以傳統為主。我點了烤牛肉；過了一會兒，聞到烤化的乳酪發出的濃郁香味，一大盤熱菜就端到我桌上，分量很大，另外搭配小麵包。我剛從森林走來，饑腸轆轆，在舒適的餐廳裡，享用午餐，感覺很幸福。

鄰座有老年人，也有中年男女，都在喝酒，聊他們日常生活的話題，像一幅小城風俗畫。背景是一塊巨大的老式鏡子，上面幾個字和招牌上相同「一九〇一年酒館」——這裡可真是個懷舊的好地方。

記得有一次，我說到懷舊，一個朋友笑了，問我：「懷的是什麼舊呀？」的確，法國並非我的故土，這裡沒有生活過我的祖先，也沒有我童年、青少年的記憶。然而，我依然為法國懷舊，走進老房子會一往情深，看見舊貨也止不住好奇，想問：「是什麼年代的？」別人告訴我，是十八世紀、十九世紀、二十世紀初……還有，拿破崙三世時代、新藝術時代、裝飾藝術時代……

這些年代讓人聽得神往。時光本來就沒有國家之分。到現在為止，我的人生一半是在法國度過的，有太多的事情無法忘懷。我已經變成了一個名叫西零的人，這個過程猶如獲得第二次生命。而這裡的時代變遷，以及發生過的許多事情，同樣讓我有所感懷。

吃完午餐，我又回到聖芒戴湖畔，在一條長椅上坐下，靜靜享受明媚的陽光和清涼的空氣。朦朧之中，隱約聽到誰在叫我的名字。我像是從夢中驚醒，霎時間，頭腦中一片空白，仿佛失去記憶。等我清醒過來，那呼喚的聲音已經消失，四周又寂靜下來。我再回想一些往事，已經太遙遠了。

那個時候，我的名字不是西零，我叫什麼？當然沒有忘記，只是許多事情，我不願回想。

我小時候讀過羅馬尼亞《克里昂迦童話選》，裡面的故事內容大都忘了，只記得有〈山羊和狼〉，〈白馬王子〉。這本書曾經給我的童年很多感動和安慰。那個年代的中國孩子，能讀到的只有革命英雄故事。我這本好看的書被小同學借去，不知到了誰的手裡，最後，再也找不回來了。四十年過後，我曾經到巴黎的大書店，想找法文版的克里昂迦童話，結果沒有找到。

這本書就是我永遠找不回來的過去記憶。想到失去的過去，會遺憾嗎？歌德說「生命之樹常綠」。中國的古詩詞裡有一句「天涯何處無芳草」，意思又多了一層，不論天涯何處，都可以找到幽情的寄託。

我的目光回到眼前的景色，湖上碧波蕩漾，周圍是茂盛的樹木，無邊的綠野。森林生機勃勃，草地散發芳香。而我過去的記憶，如同一只小小的風箏，越飛越高，越飛越遠，最後，我只能放手，把它交給天空。

人生該放下的時候就得放下，要是放不下呢？高行健說過：「放不下也得放下。」我時常想起這句話，但是心裡總有一些放不下的事情。其實，人每天都要告別過去，不想告別也得告別。

下午四點鐘以後，幼兒園和小學校放學。我眼前一時出現了許多孩子，玩耍嬉戲，發出嘰嘰喳喳的一片童聲。一些膽小的鳥類都飛到湖心島那邊去了。我這才發現，為了兒童安全，湖邊上都有圍欄。這個時間，聖芒戴湖畔回歸現實，幾乎成了兒童樂園。我出來逛了大半天，有些疲乏，不如打道回府，把這好地方留給這些孩子，還有帶孩子的父母和老人。

美景雖好，該離去還得離去。正像剛才所說，該放下就得放下。

巴黎　不要熄滅你的燈火

十七世紀初，巴黎還在沒有路燈的時代，夜晚到處漆黑一片，是乞丐、小偷和強盜的世界，居民不敢出門。一六六七年，巴黎警察局考慮整頓治安。要讓不法分子無處躲藏，就得給巴黎一個光明的夜晚。這一年，巴黎的街頭出現最早的燭光路燈，每條街、每個街角各掛一盞，固定在牆上。從外國來的人，為這一景象而驚喜，從那時起，巴黎就有「光之城」的美譽。到了十八世紀，巴黎已經有六千盞路燈，蠟燭燈換成油燈，照亮了城市的大街小巷。十九世紀初的煤氣燈代替了油燈。十九世紀末，煤氣燈又被電燈取代，安裝在高高的鑄鐵燈桿上。這種路燈桿在很多地方一直沿用至今。

城市照明的歷史也是城市走向文明和繁榮的歷史。十九世紀末的巴黎已經是歐洲之都，也是世界之都。不夜之城的晚上，燈火通明。男人穿黑禮服，戴禮帽，還拿個手杖。

女人熱中時尚，穿長裙，寬寬的帽簷上插著彩色羽毛和花朵。人們在熱鬧的街道穿梭，去看戲、聽歌劇、泡酒吧、吃消夜；觥籌交錯，歌舞昇平，一派繁華景象。

隨後人們帶著興奮的心情，充滿期望進入了二十世紀，修建地鐵，還有作為展覽館的大、小皇宮、艾菲爾鐵塔……

鐵塔對面有座一九〇〇年代的華美建築，宛如童話中的宮殿，當時被七千盞彩色電燈裝點，人稱電宮。門前的噴泉有三十米高，水花層層疊疊。夜晚到來的時候，彩燈齊放，巨大的門窗上的彩色玻璃也熠熠閃光，令人驚嘆——簡直就是「一千零一夜」！

與此同時，街道上馬車不見了，出現了汽車。

巴黎風尚一直影響著世界上許多地方。而深厚豐富的文化底蘊，自由開放的社會風氣，也讓巴黎成為一個令人嚮往的藝術之都。

一個世紀過去了，世界上很多事情發生了變化。巴黎「光之城」的美名早已讓給了紐約和香港。建於十九世紀末、二十世紀初的兩大商場，老佛爺和春天，裡面的奢侈品櫃檯前，人頭攢動，大都是外國遊客。其他名店裡，也頻頻傳出英語和中文之聲。

骨董店裡，還有舊貨的拍賣市場上，經常出現外國人的身影。他們買去的東西算不上是國寶，卻是民間對過去的紀念，如早期的藝術品、祖傳的老家具、舊銀器、壁爐。這些過去人家裡常見的寶貝，正在悄然流失。

市區的大街上的建築，差不多有一半是在十九世紀中下期，經奧斯曼男爵規劃而建，被稱作奧斯曼大樓，現在有不少是辦公樓和要出租的空樓，也許還有一些屬於不在這裡長住的外省人和外國人。天黑以後，別說萬家燈火，一些地方整棟大樓幾乎沒有燈光。到了晚上十點半，許多餐館就開始打烊。除了市中心有幾個熱鬧的聚集點，大多數地方冷冷清清，地上常有廢紙屑和菸頭。

我還記得二十多年前和朋友一起去歌劇院的情景。

巴黎歌劇院位於市中心，建於十九世紀末，說是藝術的宮殿一點都不錯。雕塑之美，處處可見，令人眼花撩亂。金碧輝煌的設計，可以說勝過皇宮。據說採用的大理石就有三百多種，色彩不同，極盡奢華。

我們買的是便宜票，坐在劇場邊角高高的吊樓上，勉強看到大半個舞臺，卻也由衷快樂，戲散了，意猶未盡，還去泡酒吧，談論剛剛看過的演出，回味著美好的感受，為歌劇院心醉，直到半夜還不想離去。

從前，我眼裡的巴黎人，晚上不出門似乎是一種不幸。我和朋友們一起去餐館吃晚飯，約會是八點，到了九點人才陸續到齊，有朋友，也有朋友的朋友。大家並不都認識，互相介紹、問候，喝著開胃酒，議論一下菜單，半個多小時過去了才開始點菜。前菜、主菜和甜食，當然少不了酒，吃著聊著，一餐飯到午夜才結束，走出餐館，絕對沒有盡興，一定要再找個酒吧坐下，不喝酒的人，也要再來一杯咖啡，天南地北，神聊到凌晨兩點鐘，這才慢慢起身，一個個親吻告別。

這種生活方式，有一天會消失，也許，正在消失。

現在出沒於巴黎的餐館、舞廳、夜酒吧的夜貓族，越來越少。市區的房子太貴，年輕人大都住在郊外，平時上班，早出晚歸，很是辛苦。週末晚上約朋友一起出去玩，也不能太晚回家。如果錯過了末班地鐵，很難找到計程車，再說，價錢對他們來說也太貴了。報紙上不斷有壞消息，盜竊、搶劫，之類的事情時常發生，更可怕的還是恐怖襲擊。夜間在外缺少安全感，不如老老實實在家看電視、玩電腦。

最近看到一條消息，為了節約能源，新頒布的規定限制照明用電，包括公共場所、商店櫥窗和廣告，都要在凌晨一點之前熄燈，否則要受罰；意思是，大家都睡覺了還點什麼燈。

十九世紀末到一次大戰之前，被法國人稱為「美好時代」，經濟繁榮，科技進步，人心樂觀。在我住的地方附近，一個以「美好時代」命名的傳統歌舞廳，有八十年的歷史，曾經是巴黎人夜晚娛樂的地方，但是最近幾年來去那裡的人大都是遊客，被旅行社的大巴士送來。現在，連旅遊大巴士也見不到了，歌舞廳已經改成一家普通餐館，依舊沿用老的店名，而「美好時代」已經不在，老字招牌依舊掛在那裡，只是一個遙遠的記憶。

十九世紀的巴黎經歷了戰爭、革命、動亂，同時還是資本主義蓬勃發展的時代。進入二十世紀以後，這座城市又經歷了兩次世界大戰。每一次從戰爭陰影中出來，都能重放光彩，走向新的繁榮。如今，經濟不景氣，失業人數不斷上升，在重重困境之中，曾經的歐洲之都、世界之都還能找回昔日的輝煌嗎？巴黎，真的美人遲暮了？

事情也許還會繼續發展下去，人們手裡的錢變少了，物價反而更貴。巴黎的高房價讓年輕人不敢問津，居住在巴黎的人也在不斷向外撤退，從中心搬遷到邊緣地帶，或是郊外。巴黎的居民似乎越來越老，也越來越少。一到夜晚，市中心大街上的行人多半是說外語的遊客。

要是有一天，滿大街都是遊客，人們會問：「誰是巴黎人？」或者「巴黎人在哪裡？」回答千萬別是：「在印象派的油畫裡。」

節能的廣告語是——「把黑夜還給黑夜，請熄滅你的燈。」聽上去，很像悲劇的臺詞。

再過一個世紀，世界會是什麼樣子，誰知道？就連再過十年是什麼樣子都無法預料。節能固然是好事，但是，無論怎樣，巴黎，不能熄滅你的燈火。

凱旋之門

夏日的傍晚，我走進杜樂麗花園，見遊藝場裡的孩子正玩得開心，大人們在露天餐廳喝酒吃飯。一旁有個小樂隊，演奏了幾聲國歌〈馬賽曲〉，僅僅意思一下，很快就換成別的歡快曲子。我想起這天正是七月十四日——法國國慶日。小樂隊只是點染一下節日氣氛而已，並不想讓公園裡一片高亢激昂之聲。國歌作於法國大革命之後，歌詞唱的是「拿起武器吧，公民們……」

而眼前公園裡一片祥和氣氛。不管社會上有多少抱怨，生活在現時代的人還是非常幸運。

樹叢裡有一群青年男女，在草地上鋪好白色的餐桌布，擺上各自帶來的酒菜。晚風習習，歡聲笑語。他們席地而坐就開宴了。

七月十四日曾經是兩百多年前法國大革命的日子，而今是人人都樂於享受的公共假日。我還記得有一年的國慶節，我跟高行健在協和廣場的總統觀禮臺上看閱兵儀式。雖然以前在電視裡已經看過，現場看還是不一樣。海、陸、空軍列陣的時候，規模之大，任何戲劇舞臺都無法比擬。最好看的當屬傳統的共和國騎兵衛隊，沿襲拿破崙時代的風格，連服裝、頭盔都沒改變。騎士威武，栗色駿馬走出各式步伐，比舞步更輕快，也更有趣。

整齊漂亮的隊伍從凱旋門出發，經香榭麗榭大街，逕自走到協和廣場。這條路正是當年拿破崙的凱旋之路。一八〇五年，拿破崙率領部隊，在奧斯特爾利茨（現今的捷克境內），經過九個小時的戰鬥，打敗了奧俄聯軍。這就是歷史上著名的奧斯特爾利茨戰役大捷。拿破崙對士兵說：「我們回家，一定要走凱旋門。」就這樣下令為凱旋而歸的軍隊，修建一座凱旋門。籌款、設計、動工，並非易事。誰都沒想到，建築在三十年以後才完工。一八一〇年，拿破崙迎娶奧地利公主。大喜的日子裡，迎親的金馬車從凱旋門駛過。那個凱旋門其實是假的，臨時搭起木板，再畫上花紋圖案，遠看和真的一樣。

修建凱旋門的工程進行到第十年的時候，拿破崙兵敗滑鐵盧，被俘、被囚禁。英雄的故事結束了，可是，為慶祝勝利而建的凱旋門還沒有來得及封頂。之後，建築停工十年，又復工十年，終於在一八三六年落成。

戰爭已經成為過去的歷史。那一次我坐在協和廣場的國慶觀禮臺上，如同觀看精彩的傳統節目，四周不時響起一陣陣掌聲。閱兵式始於一八八〇年，至今有一百多年的歷史。在這盛大的節日裡，軍隊並不讓人想到可怕的戰爭，給人的感覺卻是一派和平的景象。最後是傘兵的表演，幾個年輕人，天兵天將一般降落在廣場中央。其中一人有小小意外，落地摔倒。觀眾仍然給予他熱烈的掌聲。

我和法國人分享國慶節的快樂，就像分享聖誕節、新年，以及所有節日的喜慶氣氛一樣。

這天的傍晚，我獨自在杜樂麗花園散步，看見一對情侶自備紅酒，花間對酌。我不善飲酒，想來十分可惜，不然，法蘭西的美酒是多好的享受。

花園的盡頭，空寂無人，地勢很高，如同一個小山丘，協和廣場就在我腳下。夕陽的色彩，溶金一般，塗在巴黎的天空上。這個時刻，站在這個地方，最能感受落日的輝煌。

夕陽西下，舊石牆、青銅雕塑、描金的鐵欄，還有近處的協和廣場，遠處的凱旋門，都像是在一種深深的寂寞裡，無聲告訴我——這是帝國的黃昏。

不過，這個時間持續很短，十幾分鐘以後，夕陽的光輝消散了。天色暗淡，凱旋門也漸變模糊。前方的香榭麗榭大街上，汽車一輛接一輛駛過，紅色的車尾燈連成一條線。

我從高地上走下來，來到杜樂麗花園的大門外，見很多遊客，在等旅遊大巴士。從這裡穿過協和廣場，踏上香榭麗榭大街，離凱旋門只有兩公里左右的距離。

凱旋門有五十米高，四十五米寬，二十二米的厚度，鑲有浮雕作品，十分壯觀。建築位於巴黎的西端，一個星型廣場的中央。經過十九世紀中期重新規劃，廣場輻射出十二條大道，一半都是巴黎的交通要道，其中的香榭麗榭大街在巴黎的中軸線上，有精美的建築，還有林蔭、花園、商場、餐館、咖啡館、劇場，成為第二帝國的繁華地段，曾經被稱作巴黎最美的大街，也是世界上最美的大街。拿破崙打造的歐洲之都、世界之都的夢想，到了這一時期終於成為現實。

我沿香榭麗榭大街走到凱旋門腳下，天色已晚，高大宏偉的拱門如今是歷史的紀念碑，也留給後人審美的感受。天臺邊上，站滿了遊客，在遊玩、拍照、說笑，開心得很。

看過了建築和雕塑，我也很想和遊客一樣，登上天臺，欣賞巴黎風光，還可以體驗一下凱旋的心情。

布魯塞爾高行健雙展

二〇一五年二月底，我和高行健一起去布魯塞爾，參加他畫展的開幕式。

布魯塞爾離巴黎不遠，乘火車只需一個多小時。我們上一次來比利時，是十二年以前，也是高行健的畫展開幕的時候，不過不在布魯塞爾，而是在蒙斯。

比利時冬天的氣溫比巴黎更低，時有小雨。我們到市中心的旅店，放下行李。主辦單位已經為高行健約好了記者的採訪。

我一個人出門隨意逛逛，沿著一條幽靜的老街往前走，忽見一座宏偉的古典建築，樓頂站立四尊巨大的青銅人像。這正是古老的比利時皇家美術館。大門口為即將開幕的夏卡爾回顧展掛了兩條長長的條幅，下邊有兩幅招貼，一幅還是夏卡爾回顧展，另一幅印的是高行健的大照片，預告他的六個巨幅畫作，將與夏卡爾同時開展。

下午，我們乘車去伊克塞爾美術館。伊克塞爾是布魯塞爾的一個行政區，離市中心只有十分鐘的車程。這座美術館的風格與皇家美術館大不相同，舊時的紅磚房，像在講述一個故事，其實，是很多的故事。十九世紀末期，比利時畫家艾德蒙·德·帕德爾去世後，家人按照他的遺願捐獻他的畫作，條件是收贈者要建一所美術館。伊克塞爾區政府接受了遺贈，建立了這個美術館；既符合收贈條件，也為附近的平民百姓建造了一個文化場所。後來經過擴建，美術館逐漸形成今天的規模。館內收藏了從十四世紀以來，許多歐洲不同藝術流派的作品。

自從有了這個美術館，不少比利時藝術家和收藏家搬到附近居住，到了二十世紀初，這一帶成為藝術家和藝術愛好者出沒的地方，曾經有「布魯塞爾的蒙巴納斯」之稱。

我們走進美術館，高行健的回顧展已經布置完畢，樓上樓下兩層展廳，一共展出一百一十四幅畫作。白色的天花板、白色的牆壁，襯托黑白的水墨作品，效果極好。門口的一幅，是畫布上的水墨，題為〈等待〉，有一個女子獨自佇立的背影，她眺望遠方，天地之間，有希望，也有迷茫和憂傷。

開展之前，還有記者採訪高行健。許多觀眾已經等候在大門口。

晚上六點半，展覽開幕，人們不斷進來，展廳裡的氣氛立刻熱烈起來。人越來越多，也越來越興奮。不時有人在喊：「太精彩了！」幾幅大型畫作，有震撼的力量，另一些，含蓄又有詩意，而且很美，還有一些比較抽象，耐人尋味。

這次展出的最早的作品，是一幅一九六四年的小畫。細心的觀眾發現，早期的畫作上有中國印章，隨著創作的漫長年代過去，章子的紅色印記消失了，畫面只有層次不同的黑、深灰、淺灰和白，水墨的表現更加純粹。大廳盡頭有一幅二〇一二年的作品，兩米四高，三米五長，題為〈靈山〉，用墨雄渾，層次豐富，結構完美，整個畫面極有氣勢。伊克塞爾美術館有關畫展介紹文章上，說高行健的畫「強有力，又富有詩意」，稱他是一位不同凡響的藝術家，「作品具有表現力，人文情懷，普世精神」。

高行健的許多朋友都來參加開幕式。陳邁平從瑞典來，米利婭從西班牙來，米雪爾和我們一樣從巴黎來。來自巴黎的還有克洛德．貝爾納畫廊主人克洛德．貝爾納先生，以及他的一位女收藏家朋友。她已經九十二歲高齡了，精神矍鑠，興致勃勃。還有其他許多朋友。大家相見甚歡，同時也沉浸在藝術帶來的快樂裡。高行健回答記者和參觀者的各種問題，給他們簽名留念，總是很耐心，氣定神閒，用米雪爾的話說，很「禪」。

兩個多小時很快就過去了，館長克萊爾．勒布朗催促：「該去用晚餐了。」大家這才互相招呼著，走出美術館。門口的工作人員報告當晚參觀者的人數：「一千六百二十人。」

我們走進餐館，迎面見到米歇爾．塔蓋先生。十二年前，高行健在蒙斯舉辦的畫展就是由他策展。那時候他是布魯塞爾自由大學的藝術史教授。現在，他作為皇家美術館的館長，又一次為高行健策展。這個世界上，很多事情是機緣。藝術需要有鑒賞力的人，可遇而不可求。

晚餐的桌旁還有兩位不同尋常的客人，一個是夏卡爾的孫女麥海．麥耶特，另一個是她的友人克羅迪亞．澤維。今年是夏卡爾一百二十八歲誕辰，算上去他孫女的歲數也不小，而麥耶特身材嬌小，充滿活力。法文的孫女和小女孩是同一個詞，用在她身上很是恰當。

大家喝酒，聊天，品嘗道地的比利時藍貝加薯條，度過了一個愉快的晚上。

不過，我們的布魯塞爾之行遠沒有結束。我們還要去皇家美術館，參加夏卡爾大型回顧展的開幕式，而在另外一個大廳，高行健的六幅巨作展也將同時開幕。

第二天，布魯塞爾還是陰雨綿綿，在皇家美術館為夏卡爾和高行健同時舉辦的記者會上，麥海．麥耶特和克羅迪亞．澤維談到怎樣籌辦夏卡爾回顧展，我聽了很受感動。兩個執著的女人，花費了十多年時間策劃並且實現了這個大型回顧展。她們為借到畫作，聯繫了世界各地二十多個收藏機構。僅這一項工作就已經是巨大的工程。展出的畫作有兩百多幅，創作年代跨越七十多年，展現夏卡爾一生走過的藝術創作之路，是夏卡爾最大規模的一次回顧展。這兩位女士做了一件很了不起的事情，讓我十分佩服，也給我們提供了一個意想不到的機會，欣賞到不少未曾見過的夏卡爾的傑作。他的想像力極為豐富，往往出其不意，畫中房屋傾斜，動物擬人化，人在空中飄蕩，像童話一般，又有詩意，輕鬆、快樂、頑皮的背後，有一種說不出的憂傷，內涵豐富，令人回味無窮。

夏卡爾出生於俄國的一個猶太家庭，青年時代移居法國，也曾經去過德國、義大利、美國，可以說是一個世界遊民。漂流的主題多次出現在他的畫作中。〈在維特布斯克上空〉是一九七〇年的作品，給我印象很深。畫面上一位老人背著一個小布袋，飄遊在城市上空。在早期作品中，一九二五年的〈維特布斯克的公雞人〉，又像公雞又像人，手拿一盞油燈，在城市的夜空上飄過。〈維特布斯克上空的裸女〉作於一九三三年，描繪的同樣也是夜晚的城市，天空中有一個睡美人。

高行健在會上對記者說：「夏卡爾經歷了二十世紀這災難時代，俄國革命、兩次世界大戰，也包括納粹。他流亡法國，把猶太和基督教文化做了一番現代詮釋，變成一個傳說。他超越任何主義和意識形態，堅持自己的繪畫道路，成為二十世紀偉大的藝術家，我以作為他的後繼者為榮。」

皇家美術館裡有幾個分館，我們走到正廳的盡頭，進入大師館。這裡主要展出十六到十八世紀的大師古典作品，包括北方畫派的倫勃朗、魯本斯、布呂蓋爾。檢票處的左邊的這個門裡是貝漢廳。貝漢是十九世紀末的一位比利時工業家，一生都在贊助藝術，去世後全部財產捐獻給貝漢基金會，繼續支持藝術。為了紀念他，這個展廳以他的名字命名。

貝漢廳的大門一打開，我快要驚呆了，眼前都是高行健的巨幅水墨畫。雖然我在畫室裡已經看過這些作品，但是掛在美術館的大廳裡，效果更加強烈。

大廳牆上的文字介紹，由館長米歇爾．塔蓋撰寫，題目是〈意識的覺醒〉。他寫道：

「從這裡出發，由高行健領路，開始一次心靈的旅行……」

這個系列是高行健的最新作品，門口一幅高兩米四，寬兩米二，兩側的兩幅都是兩米四高，三米五長，而大廳深處的三幅最大，每幅三米高，長五米四，非常震撼。

高行健以前的畫，我用過「夢境」、「意境」、「幻境」之類的詞來形容，現在站在大廳裡，找不到表達的詞語，眼前的天空、雲霧、海洋、泥沼，無邊無際，還有巨大的眼睛、爆炸的雲團、不安的人影……

牆上的文字說明是：「這六幅畫是特別為比利時皇家美術館創作的。這是連接東西方的橋梁，藝術家以畫布代替宣紙，展現千年禪意的水墨。」

下面寫道：

「請走進他的世界，如里程碑，也如他『全能的戲劇』一般精彩。

讓你自己飄蕩在這片動盪、沸騰、喧囂的墨海之上。它時而消解，時而融化，時而凝固，時而化做霧靄。

讓你的目光，從白色的畫布，逐漸變成胚胎狀態的幻覺。

感受畫家創造的風景，就像雨、風、雪，都在畫布上留下了痕跡。

充分體驗潛意識，這個凝視沉思的『別樣的審美』，有畫家在禪和內心世界之間的想像。」

一年多前，米歇爾．塔蓋決定在伊克塞爾美術館為高行健作品回顧展策展，同時也在皇家美術館開闢一個展廳，展出高行健一組紀念碑式的大型作品。這樣就在兩家美術館構成了一個大型的雙展。高行健對這個計畫備感興奮，畫這麼大的畫，對他來說，還是第一次，是很大的挑戰。二〇一四年二月，他去皇家美術館看場地，開始構思，之後的幾個月，天天在畫室裡工作。有一天，他說：「我想好題目了，這個系列叫作〈潛意識〉。」

「為什麼要畫〈潛意識〉呢？」我問。

「藝術是審美的認知，不僅要認知外在世界，還要認知人的內在世界，包括複雜的人性，一片混沌、五味俱全。如何呈現人的潛意識，還沒人做過。古典繪畫也許有一些潛意識的表現，不過都是通過寓意的形象。」

作品運到布魯塞爾已經是二〇一四年十月底，高行健又去美術館，在大廳裡做最後的修訂。

「以後，這裡將成為高行健這組畫的長久展廳，也是一個舉辦各種藝術活動的場所；還可以沉思冥想。」──米歇爾．塔蓋說。

高行健少年時期曾經學畫油畫，後來轉向水墨，摸索出一條自己的路。半個多世紀過去了，他堅持自己的藝術道路，初衷不改，越走越遠，直到今天比利時皇家美術館為他專設展廳。藝術上得到這樣的認可，用他自己的話說：「這是我做夢也未曾想到的。」

我們離開了展廳，布魯塞爾之行也到此結束。

兩天的綿綿細雨過後，天氣已經轉晴，陽光明媚，火車站裡人來人往。在行色匆匆的人群後面，我又看到了高行健的那幅題為〈等待〉的畫──天地之間一個孤獨女子的身影，細看原來是伊克塞爾美術館的大幅招貼。我們恰恰在這幅畫前告別布魯塞爾，搭乘返回巴黎的火車。之後，伊克塞爾美術館的高行健回顧展還要持續三個月，而〈潛意識〉系列作品，會永久留在比利時皇家美術館。

當代名家・西零作品集1

家在巴黎

2016年6月初版 定價：新臺幣290元

著 者 西 零
總編輯 胡 金 倫
總經理 羅 國 俊
發行人 林 載 爵

出 版 者 聯經出版事業股份有限公司
地 址 台北市基隆路一段180號4樓
編輯部地址 台北市基隆路一段180號4樓
叢書主編電話 (02)87876242轉224
台北聯經書房 台北市新生南路三段94號
電 話 (02)23620308
台中分公司 台中市北區崇德路一段198號
暨門市電話 (04)22312023
台中電子信箱 e-mail：linking2@ms42.hinet.net
郵政劃撥帳戶第0100559-3號
郵撥電話 (02)23620308
印 刷 者 世和印製企業有限公司
總 經 銷 聯合發行股份有限公司
發 行 所 新北市新店區寶橋路235巷6弄6號2樓
電 話 (02)29178022

叢書編輯 陳 逸 華
整體設計 江 宜 蔚

行政院新聞局出版事業登記證局版臺業字第0130號

本書如有缺頁，破損，倒裝請寄回台北聯經書房更換。 ISBN 978-957-08-4758-1 (平裝)
聯經網址： www.linkingbooks.com.tw
電子信箱：linking@udngroup.com

國家圖書館出版品預行編目資料

家在巴黎/西零著．初版．臺北市．聯經．
2016年6月（民105年）．240面．14.8×21公分
（當代名家·西零作品集1）

ISBN 978-957-08-4758-1（平裝）

855 105008827